# あの日、雨が降っていなければ

貴堂水樹
*KIDO Mizuki*

文芸社

# 目次

# 序章

あの日以来、家に帰るまでの時間が十五分も二十分も長くなったように感じていた。実際は以前と少しも変わっていない。しかし三船杏由美《みふねあゆみ》にとって、およそ一ヶ月前に高校へ復帰してからというもの、学校からの帰り道がまるで永遠に抜けられない真っ暗なトンネルのように感じられて仕方がなかった。

たちの悪い妄想に取り憑かれているだけなのだとわかっていても、それを断ち切る術《すべ》がない。

どうすれば、このトンネルから抜け出せるのだろう。いくら考えても、自力ではその答えにたどり着けそうもなかった。

「じゃあね、あゆ」

自転車で隣を走っていた横山夕梨《よこやまゆり》が、ハンドルから離した左手を軽く上げた。

「気をつけて。なにかあったらすぐケータイ鳴らしてよ?」

友達を心配する人のお手本みたいな顔をする夕梨に、杏由美はこくりとうなずいて返す。夕梨もうなずき、「また明日ね」と言うと、交差点を南へ渡っていった。

杏由美の小さなため息が、夕焼けの街に溶けていく。夕梨の渡っていった歩行者信号のエメラルドグリーンが、パカパカと点滅し始めた。

杏由美と夕梨は同じ左座名《さざな》市内に住んでいて、隣の中学出身だ。二人の進んだ左座名西《にし》高校でともに女子バレーボール部に入ったことで友情が芽生え、今じゃかけがえのない親友同士。

ちょっとおバカな夕梨のために杏由美が勉強を教えることもあるし、オシャレが得意な夕梨が杏由美のために洋服をコーディネートしてあげることもある。高校生になっておよそ一年半、互いのいいところや悪いところ、強さや弱さをほどよく理解し合う二人は、誰の目から見ても親友と言っていい間柄だった。

だからこそ、夕梨にあんな顔をさせたくなかった。あの日以来、夕梨はいつだって心配一色の目をして杏由美を見る。

私の知っている夕梨はもっと、真夏に咲くひまわりみたいに大きな笑顔がまぶしい子だったのに。彼女に心配されるたびに、胸が苦しくてたまらなくなった。

待っていた信号が青になる。すぐに走り出すことはできなかった。

右手でハンドルを支え、左手でそっと喉に触れる。「あ」の形で口を開いてみるけれど、音にはならず、ただ虚しく息だけが漏れた。

下唇を噛みしめる。私のせいだ、全部私のせいだと、強い後悔の念が押し寄せる。あの日、雨が降っていなければ。電車に乗って帰らなければ。あの公園の前を通らなければ。下を向いて、スマホをいじっていなければ。

この声を絞り出して、助けを呼ぶことができていれば——。

自分だけじゃない。あの日を境に狂ってしまったのは、周りのみんなの人生も同じだ。杏由美はぎゅっと、逃げるように目を閉じた。

セーラー服の胸もとを握りしめる。息苦しさで胸が押しつぶされそうだった。見知らぬ通行人に「大丈夫ですか」と声をかけられ、ようやく現実に引き戻された。

小さく頭を下げた頃には、渡ろうとしていた歩行者信号が点滅し始めていた。この交差点は、夕梨が渡っていった信号のほうがわずかに長い。

また少し、家に帰るのが遅くなる。

いつまでも変わらない赤信号をじっと見つめ、杏由美はハンドルを強く握った。一人になると、あの日の恐怖がじわりじわりと全身にまとわりついてくる。

——助けて、ケンちゃん。

いつだって隣にあるその人の笑顔を思い出し、杏由美は湧き上がる恐怖を必死になって抑え込んだ。

歩行者信号の赤が、目に染みるほど強く主張していた。

古くもなく新しくもない、家を建てるためだけに切り開かれた土地。

それが杏由美の生まれ故郷である左座名市だ。

一つ隣の汐馬《しおま》市には全国的にも有名な自動車メーカーの本社があり、潤沢な資金を存分にいかした街づくりが推し進められている。左座名はその陰に隠れた閑静なベッドタウンで、市内各地に存在する住宅街のうちの一角に、杏由美の住む家はあった。

兄の生まれた二十年前に建てられた、二階建ての一軒家。四年前に外装工事をしたので、新築同様とまではいかずとも、見た目はそれなりにきれいに整えられている。

車二台を停められる屋根付きの駐車場の奥に、父が手作りしてくれた小さな駐輪スペースがある。そこへ自転車を入れていると、隣の家の駐車場から大きなくしゃみが聞こえてきた。

もう何百回と、うんざりするほど聞いてきたその破裂音に誘われ、杏由美は一つ東隣の家の駐車場を覗き込んだ。

自転車のスタンドを立てながら、同じ高校の制服に身を包んだ少年、川畑《かわばた》賢志郎《けんしろう》が鼻をぐずぐず言わせていた。彼はすぐに杏由美に気づいて顔を上げ、ふわりと柔らかな笑みを浮かべた。

「おー、あゆ。おかえり」

やんちゃな印象を与える、彼の大きなふたえの瞳がわずかに細くなる。ただいまの代わりに、杏由美はこくりとうなずいた。

同時に、ホッとしたように息をつく。彼の笑顔に、ようやく心の安寧を取り戻すことができた。

賢志郎が二度目のくしゃみをした。杏由美は慌てて賢志郎に駆け寄り、リュックサックから取り出したポケットティッシュを手渡した。

「んあ、さんきゅ」

受け取ったティッシュで、賢志郎はずびびと派手に洟《はな》をかんだ。その姿を、杏由美は心配そうな顔で見つめる。

杏由美と賢志郎は、生まれながらにして幼馴染みとしての運命を決定づけられたかのような関係だった。

誕生日が二日違いで、生まれた病院も同じ。新生児室のベッドこそ隣ではなかったけれど、二人が今日まで育ってきた家はお隣同士だ。幼稚園から小学校、中学校、そして今かよっている高校まで、二人はずっと同じ道を歩んできた。

些細なことで喧嘩をしても、時が経てば再び変わらない笑顔を向け合える。二人で一緒にいるだけで、なにげない毎日をめいっぱい楽しく過ごすことができた。

誰の目から見ても仲のいい二人は、幼い頃、近所の人に「きょうだいみたいね」と言われたことがある。賢志郎が「顔が似てねぇから違う」と答えて、そういうことじゃない、きょうだいみたいに仲よしねって意味だと杏由美が反論したら喧嘩になった。ひとしきりもめたら仲直りして、また一緒になって遊び始める。それが二人の日常だった。

そんな日々が、これからもずっと続いていくのだと思っていた。

あの事件が起きるまでは。

ひゅうっ、と、九月の澄んだ風がセーラー服の青いリボンをなびかせる。杏由美はスカートのポケットからスマートフォンを取り出すと、慣れた手つきで指をすべらせ、文字を打ち込んだ。

賢志郎のズボンのポケットで、ピロンと軽快な機械音が鳴った。賢志郎はひとまずティッシュを自転車のカゴに入れ、スマートフォンに届いたメッセージを確認した。

〈風邪？　大丈夫？〉

賢志郎が視線を上げる。杏由美は胸の前でスマートフォンを握りしめ、賢志郎を見つめた。

口に出さなくても、賢志郎の考えていることはだいたいわかる。朝一番の顔つきを見れば、その日の体調や気持ちの浮き沈みの様子がありありと伝わってくる。

血のつながりなんてなくても、いつでもそばにいることができれば、血縁よりも深い関係になれる。そう信じている杏由美はひそかに、賢志郎を想い続けてきた。

そして今も、「大丈夫だよ」と鼻をすすりながら答えた賢志郎の瞳の奥に別の想いが宿っていることを、杏由美はしっかりと見抜いていた。

「怠《だる》さとか全然ないしさ。なんだろ、気温差ってやつ？　ほら、ここ最近だいぶ風が冷たくなってきただろ。ついこの間まで暑かったから、からだがビックリしてんだよ、きっと」

な？　と笑って、賢志郎は杏由美の肩をぽんぽんと叩いた。

杏由美は静かにうつむいた。そんな答えがほしかったんじゃない。

昔なら、こんな他人行儀な答えは絶対に返ってこなかった。「おまえにうつしたら元気になるぞ」とかなんとか言って、鼻水だらけのティッシュを押しつけてくる。それがいつもの彼の答えだったはずだ。

こちらがどれだけ真剣に心配しても、賢志郎からは冗談まじりの答えしか返ってこない。それが彼なりの、杏由美への気づかいなのだ。

本当はすごく頭がいいのに、なんでもない顔をして、おバカで不真面目な男子高校生を飄々《ひょうひょう》と演じてみせる。いつでも笑っていて、時には小さな子どもみたいにはしゃいだりして、一緒にいると、とにかくすごく楽しい。それが杏由美の知る幼馴染み、川畑賢志郎だったはずだ。

それが今じゃ見る影もない。あの日……三ヶ月前に起きた事件の日から、賢志郎は変わってしまった。

私のせいで。

胸もとにスマートフォンを押しつけ、杏由美はそっと息を吸い込む。もう一度、口を「あ」の形に動かしてみた。何度チャレンジしても、こぼれ出るのはかすかな吐息だけだった。

この声さえ失わなければ。

そうすれば、誰の人生も狂わせることなどなかったのに。被害に遭った私一人が、苦しみをかかえて生きていけば済むだけだったはずなのに。

もう何ヶ月も、失敗ばかりをくり返している。ほんの小さな音ですら、この喉は奏でてくれない。かすれた吐息だけが空《くう》を切り、そのたびに涙があふれて止まらなくなった。

「あゆ」

賢志郎が、杏由美のからだを抱き寄せた。

「やめろ。無理しなくていい」

されるがまま、賢志郎の左肩に顔を埋《うず》める。このままでは濃紺のブレザーが涙でぐちゃぐちゃに濡れてしまうとわかっていても、杏由美は賢志郎から離れることができなかった。

懸命に口を動かして、ケンちゃん、と心の声で呼びかける。少しも音になっていないのに、賢志郎は「うん」と優しく答えてくれた。

「待ってろ」

より強く、賢志郎は杏由美のからだを抱きしめた。

「俺が絶対、犯人を見つけてやるから」

固く結んだ彼の決意が、背中に触れた手のひらから伝わってくる。揺るぎない彼の想いが、杏由美の胸を締めつける。

違う、そうじゃない。犯人なんて、見つけてくれなくていい。

こういう時、賢志郎はいつも自分一人で困難を乗り越えようとする。

自分だけが無理をして、杏由美の意見には耳を貸さない。気づいた時にはボロボロになっていて、それでも、杏由美の前では必死に笑っていようとする。

いつだってそうだ。ケンちゃんはすぐに、私のヒーローになりたがる。

賢志郎のブレザーにしがみついている手に力が入る。犯人が見つかったら声が出せるようになるのかなんてわからないし、なにより、犯人捜しの過程で賢志郎が危ない目に遭ってはと気が気じゃなかった。

スマートフォンに文字を打ち込み、何度もそう伝えたはずだ。それでも賢志郎は止まらない。犯人を見つけ出してどうするつもりなのか、怖くてとても訊《き》けなかった。


今からおよそ三ヶ月前の六月十日。

三船杏由美は、自宅近くの公園で、何者かに腹部を刺された状態で発見された。

傷つき、血まみれになった彼女を見つけ、必死になってその命をつないだのは、幼馴染みである川畑賢志郎だった。

そして彼は、いまだ確保の見込みが立たない犯人の行方を、一人で追い続けている。

# 第一章　女子高生連続死傷事件

## 1.

信号待ちで見上げた空は、目の覚めるような青一色に染まっていた。

夏の終わりを告げる冷たく澄んだ空気が頬をなでる。さわやかな空の青さとは裏腹に、心はどこまでも暗く沈んでいた。

紅《あか》く色づくにはまだ少し時間がかかりそうな桜の葉が頭上を覆う、県立左座名西高校の駐輪場。すべり込むように屋根の下に入り、自転車を停めた賢志郎は、自転車の鍵を抜き取りながら「ちくしょう」と小さくつぶやいた。

俺は今まで、どうやってあいつを笑わせてきた？　俺がどういう顔をすれば、あいつは笑顔になってくれた？

昨日の夕方、また杏由美を泣かせてしまった。そんなつもりなど、これっぽっちもなかったのに。

杏由美が笑わなくなって、三ヶ月が過ぎた。

なにがいけないのかわからない。もちろんあの事件のせいというのが一番だ。だが、原因はおそらくそれだけじゃないと賢志郎にはわかっていた。

わかっているのに、わからない。

日に日に大きく膨らんでいくこの矛盾した問いの答えを、賢志郎はずっと探し求めていた。

およそ三ヶ月前の六月十日。幼馴染みの三船杏由美は、見知らぬ誰かにいきなりひとけのない公園に連れ込まれ、刃物で腹を刺された。

その時の恐怖がどのくらい深い絶望を彼女に植えつけたのか、それは本人にしか到底理解できないものだろう。あれから三ヶ月が経つというのに、杏由美の心に芽生えた底知れぬ恐怖は一向に消え去る気配がない。

けれど賢志郎には、どこか絶対的な自信があった。

自分さえそばにいれば、杏由美はまた前を向いて生きていくことができるようになるはずだと。すぐにとはいかずとも、いつかまた、昔と同じように笑い合える日が来るはずだと。

その自信に裏切られ、期待した明日が来ないことなど、少しも想像していなかった。見通しが甘かった。賢志郎は目の前の現実にすっかり打ちのめされていた。

梅雨が明け、本格的な夏がやって来た頃には、腹部に受けた刺し傷は癒えていた。しかし、季節が秋を迎えてもなお、杏由美は笑顔を取り戻してくれない。

それどころか、あの事件に遭って以来、杏由美は声を出すことができなくなってしまっていた。

失声症《しっせいしょう》、と言うらしい。

担当医の話によれば、過度のストレスや強烈な心的外傷によって、一時的に声を発することができなくなることがあるという。杏由美も、傷害事件の被害に遭ったことが原因で、声を失ってしまったというのだ。

投薬治療やカウンセリング、適切な発声訓練を受けることで徐々に症状は緩和されていくらしいのだが、杏由美の場合、事件から三ヶ月が経った今でも声を出すことができずにいる。賢志郎には、それが悔しくてたまらなかった。

「なんでだよ」

つぶやき、ぎゅっと拳を握りしめる。

無理して笑っているつもりなどなかった。杏由美の前では、いつでも自然体でいられた。

唯一いつもどおりじゃないのは、杏由美の瞳が四六時中恐怖の色に揺れていること。なにに怯えているのかは言うまでもないが、賢志郎は、せめて自分と一緒にいる時くらい安心してほしいと思っていた。俺がそばにいれば、おまえを守ってやれるのにと。

そうしてまた、あの時いだいた後悔の念に苛《さいな》まれる。

あの日、雨が降っていなければ。あと一本、早い電車に乗れていれば。同じ電車で、あゆと一緒に帰っていれば。

そうすれば、こんなことにはならなかったはずなのに。

「よっ」

不意に、後ろから肩を叩かれた。驚いて振り返ると、同じ二年生である笹岡貴義《ささおかたかよし》が立っていた。

「なんだよ貴義か」

「はぁ？　こっちこそなんだよその冷てぇ言い方」

「別に。びっくりさせんなっつってんの」

「相変わらず機嫌わりぃなぁ。ちょっと挨拶してやっただけだろうが」

貴義は両手をポケットに突っ込んで歩き出した。駐輪場は高校の敷地の中の最北に設けられていて、教室のある校舎までは少し距離がある。

「どうだ、賢志郎。ふてくされてばっかりじゃつまんねぇだろ。気晴らしにやりに来いよ、バスケ」

追いついて隣を歩き始めた賢志郎に、貴義はなにげない口調で声をかけた。ちら、と賢志郎は隣の男を仰ぎ見た。

貴義は男子バスケットボール部のキャプテンだ。一八五センチの長身と足の速さが武器で、おまけにバスケセンスも部内では一、二を争う実力派である。

そんな彼と、部内ナンバーワンの座を争っていたのが賢志郎だった。

一七二センチと身長には恵まれなかったものの、広い視野と、相手の意図を読み取る鋭い勘の持ち主である賢志郎は、パス回しの基点となるポイントガードという司令塔的ポジションで花開いた選手だ。それに対して、貴義はいわゆる『点取り屋』であるフォワードというポジションで、息の合った二人のコンビネーションは他校の先生たちからも高い評価を得るほどだった。

しかし、三ヶ月前に杏由美の事件が起きて以来、賢志郎はバスケ部の練習に一度も顔を出していない。退部届を書いて顧問に提出したのだが、キャプテンである貴義が受理に待ったをかけ、部員として名を連ねたまま休部扱いにされていた。

「あんまり根詰めてると成果は上がらないもんだぜ？　なにごとも」

十センチ以上高いところから見下ろされ、賢志郎は黙ったまま貴義から目を逸らした。

賢志郎が杏由美の事件の犯人を追っていることを貴義は知っている。貴義はただ「気をつけろ」と言っただけで、賢志郎を止めようとはしなかった。ただし、バスケ部を辞めることに関しては、絶対に首を縦に振らなかった。

なにも賢志郎だって、バスケがやりたくないわけじゃない。気持ちが向けばいくらでもやりたいし、休部状態にある今だって、毎晩の筋トレやからだのケアは欠かさず行っているのだ。貴義とのワンオンワンでは負け越したままになっているので、きっちりお返しをしてやりたいとさえ思っている。

なのに、どうしても足が向かない。杏由美を襲った犯人が野放しのままでいる今、部活にかまけている時間があるのかと、そんな風に思ってしまう。

じっとしてなどいられなかった。警察が捕まえてくれないのなら、この手で捕まえるしかない。

杏由美の声と笑顔を取り戻すには、この世界が平和であることをきちんと証明しなければならない。そのために賢志郎は、犯人の行方を追っている。

それが、賢志郎が部活に戻らない理由の一つ。

本当はもう一つ、大きな理由をかかえているのだが、それについてはまだ誰にも話したことがなかった。

「貴義」

「あん？」

「勝てよ、今度の大会」

三週間後、バスケ部は新人戦の地区予選を控えている。勝ち上がれば県大会、さらに勝てば地方大会。賢志郎たち左座名西高校男子バスケットボール部は、県大会までは常連出場、地方大会への切符がギリギリ掴めるかどうかという、県内ではそこそこ名の知れた強豪チームだった。

賢志郎の言葉に、貴義は足を止めた。ふっと隣から消えた貴義を振り返り、賢志郎は鼻で笑った。

「なんだよ。自信がないとでも言うつもりか？」

貴義は真面目な顔で答えた。

「おまえがいなきゃ勝てねぇ」

「は？」

「って言ったら、おまえは戻ってきてくれるか」

最悪の回答だった。秋の訪れを感じさせる冷たい風が、二人の間を吹き抜ける。

くそ。だから辞めたいって言ったのに。

拳を握りしめ、賢志郎は目を伏せる。息苦しくて仕方がなかった。

「バカなこと言ってんじゃねぇよ」

喉の奥から絞り出し、吐き捨てるように、賢志郎はからだ半分を貴義に向けて言った。

「俺頼みのチームしかつくれねぇってんなら、キャプテンなんて辞めちまえ」

自分でも驚くほど、本心からうんとかけ離れた一言を紡いでいた。貴義はわかりやすく顔をしかめた。

けれど賢志郎は、貴義なら自分の真意に気づいてくれると信じて疑わなかった。本当はこんなことなど微塵も思っていないのだということに。

少しだけ後悔して、賢志郎は視線を下げる。

俺だって、戻れるのなら戻りたいさ。試合にだって出たいし、一つでも多く勝ちたい。

だけど、今はまだ無理なんだよ。

部活のことを考えると、足が――。

「賢志郎」

怖い顔で、貴義は賢志郎を覗き込んだ。

「大丈夫か」

いつの間にか呼吸が浅くなっていたことに気づき、賢志郎は取り繕うように咳払いを入れてから「あぁ」と短く返事をした。

「なぁ、賢志郎」

「なんだよ」

「オレにもなにか、できることはないか」

オレにも犯人捜しを手伝わせてくれと、その目は雄弁に語っていた。

賢志郎は知っている。

貴義もまた、杏由美の事件に責任を感じていることを。

三ヶ月前のあの日、賢志郎が乗る予定だった電車を逃したのは貴義のせいだった。貴義が部室にスマートフォンを置き忘れ、賢志郎は一緒に取りに戻った。七月末に控えていた公式戦のスターティング・オーダーについて真剣に話し合っている最中で、中途半端に別れるわけにはいかなかったのだ。

普段は二人とも自転車で通学していて、帰り道はまったくの逆方向なのだが、あの日はあいにくの悪天候だった。雨の日に限り、賢志郎は電車を、貴義は駅前から出ている路線バスを利用して高校にかよっている。杏由美が賢志郎の乗った電車より一本早い電車で帰ったことを知った貴義は、何度も賢志郎に頭を下げた。

あの日、雨が降っていなければ。部室に忘れ物をしなければ。公式戦のオーダーについて話さなければ。雨足の強まる中、親友を引きずり回すようにもと来た道を戻らなければ。

後悔にまみれた声で、貴義は何度も謝った。

けれど賢志郎は、貴義に責任があるとは少しも考えていなかった。犯人捜しに付き合わせるつもりもない。むしろ貴義には、自分の代わりにバスケでいい成績を残してほしい。それで十分だった。

正直、貴義が犯人捜しに加わったところで風向きが変わるとも思えなかった。

杏由美が犯人の顔を覚えていればよかったのだが、杏由美は事件当時のことをまったく思い出せずにいた。忘れているというより、心が当時の記憶を掘り起こすことを拒否しているのではないかというのが担当医の見解で、無理な事情聴取を行わないようにと警察にも伝えられていた。

そうなると当然、第三者による目撃証言に頼る他に、犯人像を浮かび上がらせることはできない。

本業の刑事たち同様、賢志郎も個人的に周辺への聞き込みを徹底的に行った。学校内での杏由美に関する噂話なんかも、杏由美に内緒で集めに走った。通り魔による犯行なのか、杏由美が個人的に狙われたのか、どちらとも判断できない状況だったからだ。

事件当時、取材で賢志郎の家にやってきたとある新聞記者と仲よくなって、いくつか情報を流してもらったこともある。さすがに警察の捜査関係者からはなにも聞き出せなかったが、記者連中の握っている情報だって、賢志郎にとっては十分な収穫だった。それらをもとに犯人像をあぶり出してみようとしたけれど、さすがに素人では限界がある。その限界にぶつかりつつあることを、賢志郎は日に日に強く感じるようになっていた。

「ねぇよ、おまえにしてほしいことなんて」

賢志郎は素っ気なく答えた。

「あゆのことは、俺がなんとかする」

くるりと貴義に背を向けて、賢志郎はすたすたと早足で歩き出した。すぐに貴義が駆け寄ってくる足音が聞こえてきて、次の瞬間には肩を掴まれていた。

「なぁ、賢志郎って」

「なんだよ！」

「気づけよ、いい加減」

「なにが！」

「またおまえの悪い癖が出てるぞ」

「は？」

「三船のことになると、おまえはすぐ視野が狭くなる」

賢志郎は貴義から、いや、貴義に告げられた真実から目を背けた。頭の上から、貴義の大きなため息が降ってくる。

「ったく、らしくねぇって。『もっと周りをよく見ろ。相手がなにを思ってて、どんな一歩を踏み出そうとしているか。それさえわかれば、自分がどう動くべきかは自然とわかってくるもんだ』。おまえがいつも、チームのヤツらに言ってやってることじゃねぇのかよ」

舌打ちしたい気持ちをぐっとこらえた。貴義の言うとおりだった。

バスケットボールプレイヤーとしての賢志郎の持ち味は、相手の心理を読み解く目だ。

誰が、どこで、なにを考えているか。それをいち早く読み取ることで自らの行動を最適化し、最小限のリスクとパワーで相手の攻撃を防ぎ、自分たちに有利な展開へと持ち込む。それが賢志郎の、司令塔としてのプレースタイルだった。

そのスタイルが唯一通用しない相手が杏由美だった。

杏由美のことになると、賢志郎はいつも自分を見失ってしまう。焦りや不安が混乱を生み、混乱が冷静な判断力を失わせる。今がまさにその状況にあることを、賢志郎自身、わかってはいた。

わかっているのに、焦りばかりが募っていく。杏由美が昔みたいに笑えない日々が、これ以上長く続くことに耐えられない。

黙っている賢志郎に、貴義は続ける。

「おまえのやってることを否定するつもりはない。けどな、なんでもかんでも一人でかかえ込んで、一人で解決することがかっこいいと思ってんなら、それはとんでもない大間違いだぞ？」

「俺は別に、そんなこと……」

「考えてみろよ、賢志郎」

名前を呼ばれ、賢志郎は顔を上げた。

「どんな勇敢なヒーローにだって、仲間の存在は不可欠だろ」

視線がぶつかる。オレのことを信じてくれと、貴義はその目で語っていた。

ちくしょう。どうしてこんなことに。

貴義の視線を振り切り、賢志郎は校舎に向かって歩き出した。

握った拳に爪が食い込んでいることには、少しも気づいていなかった。

## 2.

賢志郎は二年E組、貴義はH組、杏由美はC組の生徒だ。靴箱の都合で、賢志郎はいつもC組の前を通って自らの教室へと向かう。

ルーティンワークをこなすように、自然な動作でC組の教室を覗き見た。

杏由美の姿はなかった。今日はバレー部の朝練日なので、まだ体育館か部室にいるのだろう。

E組の教室へ入り、自分の席の椅子を引きながら、ズボンのポケットに右手を突っ込む。スマートフォンを取り出すと、二週間ほど前から目をつけ始めたとある匿名掲示板にアクセスした。

　端末を操作しながら黒いリュックを机の横に引っかけ、すとんと椅子に腰かける。食い入るように画面を見つめ、なにか新しい情報が上がっていないかくまなくチェックした。

　賢志郎が本格的に犯人捜しを始めたのは、九月に入り、再び杏由美が高校へかよい出してからのことだった。

　事件から二ヶ月が過ぎ、夏休みが終わる頃になっても、警察から犯人逮捕の一報が入ることはなかった。このままでは杏由美が安心して高校にかよえない。いつまでもしゃべれないままじゃ学校生活に支障をきたす。そんな思いもあり、自ら動き出す決心をした。

　そんな中見つけたくだんの掲示板というのは、巷《ちまた》で起こる凶悪犯罪についてあれこれ語り合うための場所だった。そこで杏由美の事件について書き込むために立てられたスレッドを見つけ、賢志郎は暇さえあればそのスレッドに張りついて、なにか有益な情報が上がらないかと目を光らせていた。

　匿名掲示板であるため、書き込みの大半は信憑《しんぴょう》性に欠ける情報だったり、ただただ犯人を罵倒する言葉を書き並べただけのものだったり、素人が刑事の真似事をして推理を披露してみたりと、ここで有益な情報を掘り当てるのはほとんど困難に等しいと賢志郎はすぐに悟った。

しかし、どんな小さな手がかりでも見逃すわけにはいかない。『傘を差しているのにずぶ濡れだった』という不審者の目撃情報を書き込んでいた人を見つけた時には直接コンタクトを取ろうとしたが、相手からのレスポンスはなかった。

とにかくじっとしていられなくて、危険を顧《かえり》みることをすっかり失念しつつあった。それでも賢志郎に、立ち止まるつもりは微塵もない。

「おはよ、川畑」

唐突に背中から声をかけられ、賢志郎はスマートフォンを睨みつけるしかめっ面のまま顔を上げた。

声の主は、杏由美と同じ女子バレーボール部の部員であるクラスメイト、横山夕梨だった。賢志郎が顔を上げた時こそ笑みを浮かべていたものの、夕梨はすぐに賢志郎のしかめっ面を映したように眉を寄せた。

「こわっ。なにその顔」

夕梨に指摘され、賢志郎はようやく顔の力をふっと抜いた。見ていた画面を消し、夕梨が自分の一つ前の席に腰を下ろす様子を黙って見つめる。

月に一度の席替えで、夕梨は今月、窓側の列の前から三番目になった。その一つ後ろが賢志郎だ。くじ引きとはいえ、二人してなかなかいい位置を確保したものだと、席替え直後はニヤリと勝ち誇った笑みを向け合った賢志郎と夕梨である。

「あゆ、朝練来た？」

どさっと重そうにエナメルバッグを机の脇へと下ろした夕梨に、賢志郎はやや声を抑えて尋ねた。

「もちろん」

振り返って、夕梨は短く答えた。

「あゆは部活をサボらないからね」

賢志郎は無意識のうちに再び顔をしかめていた。あんたと違って、と夕梨の顔に書かれているような気がした。

通り魔事件の被害者である杏由美は、二学期に入るまで、学校の授業と同時にバレー部の練習にも参加することができなかった。

事件の起きた六月十日から数えて最初の一ヶ月は、腹部の手術と療養に費《つい》やした。退院し、夏休みに入るまでの約半月は、精神面のケアのため通学を控えていた。

あまり長く休みすぎるとむしろ復学できないのではないかと心配する声も上がったが、夏休みを挟み、杏由美は無事に学校へ出てくることができるようになった。その背景に夕梨が深くかかわっていることを、賢志郎は知っている。

部活を休んで常に杏由美のそばにいる選択をした賢志郎ほどではないが、夕梨も入院中、退院後と、頻繁に杏由美の見舞いに足を運んでいた。とりわけ杏由美も所属しているバレー部の近況についてよく話をしてくれて、マネージャーとしてでもいいから部活に復帰してほしいと、会いに来るたびに杏由美を根気よく口説《くど》いた。「今度あゆになにかあったら、その時はあたしがあゆを守る」と賢志郎たち男子顔負けの頼もしさを見せ、夏休み終了の前日、ついに杏由美を説き伏せてしまったのだった。

杏由美に対する夕梨の功績は、時に賢志郎の存在をも上回る。杏由美が今日も無事に学校へ足を運べたのは、間違いなく夕梨のおかげだ。

そういう意味で、賢志郎は夕梨に頭が上がらない。自分だったら杏由美を学校へかよわせられただろうかと、今でも本気で考える。そうしてたどり着く答えはいつもノーだ。

「ひっどい顔してんね」

賢志郎の机に右腕を乗せ、夕梨は意味ありげに首を傾げてみせた。

「どうりであゆが心配するわけだ」

「あゆが?」

「そう。朝練の時、なんか暗い顔してたからどうしたのかなーと思って、訊いてみたの。そしたら〈私は大丈夫。でも、ケンちゃんは大丈夫じゃない〉って」

夕梨はスカートのポケットから水色のケースのスマートフォンを取り出し、杏由美から受け取ったメッセージを開いて賢志郎に見せた。

〈ケンちゃん、最近ずっと疲れた顔してる。風邪気味みたいだし、心配〉

受信時刻は今朝、午前七時二十五分。朝練が始まる五分前だ。そしてこのメッセージに続いて、杏由美はこう綴《つづ》っていた。

〈全部、私のせい〉

「バカ」

賢志郎はかすかに声を漏らした。机に両肘をつき、頭をかかえて夕梨のスマートフォンから視線をはずす。

もう何度、杏由美に自分を責めるなと説得しただろう。いつだって杏由美は涙を流すばかりで、一度も首を縦に振ってくれたことはない。

――あゆは被害者なんだ。あゆのせいなわけがない。犯人を責める権利はあっても、自分を責める理由なんて、おまえには少しもないんだぞ。

どれだけ真剣に話しても、どれだけ言葉を選んでも、賢志郎の想いが杏由美の心に届くことはなかった。三ヶ月が経った今でも、杏由美は事件の被害に遭ったことを、あの日の自分の行動を、ずっと責め続けている。

「大丈夫?」

夕梨が顔を覗き込んできた。賢志郎は「あぁ」と小さく答え、くしゃくしゃと右手で髪を触った。

「悪いな、横山。おまえにまで心配かけてんだな、俺」

「そりゃあね。あたしにとっても、あの事件は他人事《ひとごと》じゃないから」

今度は夕梨が表情を曇らせた。二人の間に、冷ややかな沈黙が降りる。

あの日、事件現場となった公園の入り口前に、杏由美の傘とスマートフォンが落ちていた。杏由美はいつもスマートフォンを制服のスカートのポケットに入れているのだが、スカートのポケットというのはしっかりと深くつくられていることから、公園に引きずり込まれたはずみで自然にポケットからすべり落ちたというのは少々考えにくい状況だった。

つまり杏由美は、犯人に襲われたまさにその時、スマートフォンを手に持って歩いていた。画面に気を取られていたからこそ、犯人が近づいてきたことに気づくのが遅れたのだ。

雨ざらしになっていたスマートフォンの画面を表示させたところ、メッセージアプリが開かれた状態になっていた。その時杏由美とメッセージのやりとりをしていた相手は夕梨だった。

警察からそのことを聞かされて以来、夕梨はずっと後悔している。

あの日、雨が降っていなければ。いつものように自転車で、あゆの隣を走って帰っていれば。歩きながらではなく、家に着いてからメッセージを送っていれば。

そうすれば、あたしの大好きなあゆが襲われることにはならなかったのに、と。

「おまえのせいじゃねぇよ」

静寂を破ったのは賢志郎だった。

「悪いのは犯人だ」

「わかってるよそんなこと！　けど、じゃあ川畑は、自分のせいじゃないって胸張って言える？」

「それは……」

答えられない賢志郎に、夕梨は「でしょ？」と言った。

「みんな一緒だよ。あたしたちだけじゃない、貴義だってそう。みんな、犯人のことを恨んでる」

貴義、と賢志郎は心の中だけでくり返した。貴義とはついさっき、半ば喧嘩《なか》みたいなやりとりをして別れたばかりだ。思い出すと気が滅入る。

「無理しないで」

夕梨が真剣な目をして言った。

「確かにあたしも犯人には捕まってほしいと思うし、あんたの気持ちはよくわかるから止めはしないけどさ。でも、これだけは覚えておいて。あんたがつぶれると、あゆが悲しむ」

賢志郎は瞠目《どうもく》した。夕梨は苦笑まじりに肩をすくめた。

「ちょっとは友達に頼ることを覚えなよ。あたしも貴義も、あんたとあゆの味方なんだからさ」

言い終えると同時に、始業のチャイムが鳴った。午前八時三十分。担任教諭が教室に入ってきて、夕梨は正面を向いて座り直した。

意味もなく大声を出して叫びたい衝動を、賢志郎は必死になって抑え込んだ。

机の上に置きっぱなしにしていたスマートフォンを見ると、画面上にメッセージアプリのポップアップが表示されていた。

〈おはよ！　風邪、どう？　ひどくなってない？〉

毎朝届く、杏由美からのメッセージ。くそ、と賢志郎は誰にも聞こえないくらいの声で悪態をついた。

「逃がしてたまるかよ」

早く杏由美に、本当の日常を取り戻してほしい。

こんな無機質な文字ではなく、生の声で語り合いたい。

そのためにも、一刻も早く事件を解決しなければ。

犯人確保への決意を新たにし、賢志郎は黒いスマートフォンを握った。

3.

賢志郎や杏由美の住む住宅街から、いつも利用する私鉄の最寄り駅まで、歩いて二十分ほどかかる。

放課後、賢志郎はわざわざ遠回りをして自宅からの最寄りである左座名市駅まで自転車を走らせると、そこから徒歩で帰宅することを想定し、自転車を押して、そのルートをゆっくりとたどり始めた。

カーナビやスマートフォンの地図アプリなどで検索すると、広くて車通りの多い道を案内される。

南北に伸びる市道をひたすら南に向かって進み、しばらくすると左手に二人の住む住宅街へとつながる交差点にぶつかる。左折してもう少し行くと、一軒家ばかりを集めた一角への入り口が左手に見えてくる、というルートだ。

しかしながら、賢志郎たちはこのあたりの道路事情をよく知る地元の高校生である。地理に詳しい分、少しでも早く帰れる道を通りたくなってしまうのは当然の心理で、雨降りの日であればなおさらだった。

二人の住む住宅街の北側、すなわち左座名市駅寄りの地には、大きな公園がある。バックネットはないが、問題なく野球ができるほどの広さがあるグラウンドや、小さな子どもも楽しめる遊具や砂場、お年寄りでもゆったりと利用できる健脚コースなどが整備されており、広く近隣住民に親しまれている場所だ。

厄介なことに、この公園は駅と二人の住む家とをつなぐ直線上に設けられていた。つまり車道は、小学校、中学校レベルをはるかに凌《しの》ぐ敷地面積を誇る公園の周りをぐるりと囲うように走っている。そのため、ナビに頼るとどうしても大回りさせられてしまう。

そういうわけで、早く帰ろうと思ったら、公園内をぶった切っていくのがもっとも効率的だ。自転車で通学する際は公園沿いの道を通らないので、雨天時、電車に乗って学校へかよい、徒歩で帰宅する場合のみ、賢志郎と杏由美はいつも公園内の健脚コースをたどって家に帰るのである。

公園の入り口にたどり着いた賢志郎は、事件当日のことを思い出しながら駐輪スペースに自転車を停め、ゆっくりと公園内に足を踏み入れた。


六月十日。

今からおよそ三ヶ月前のことだ。あの日は朝から雨が降っていた。賢志郎も杏由美も、自然な流れで公園の健脚コースをたどり、家に帰る予定だった。

大小合わせて十数ヶ所ある公園入り口の中で、駅からもっとも近い場所は、市道沿いではなく一本脇道へと入ったところにある。

部活終わりの午後六時四十分頃、悪天候ということもあって、あたりはすでに暗闇と化していた。ぽつぽつと街路灯はあるものの、人通りは限りなくゼロに近かった。

木々の生い茂る公園の入り口を入り、少し歩くと左手に公衆トイレと防災倉庫が見えてくる。建物の背中側から近づいていく状況だ。

事件当日、杏由美の乗った電車の六分後に高校の最寄り駅を出た電車に乗って帰路についた賢志郎は、杏由美と同じく、自宅までの最短ルートである公園内の健脚コースを通って帰るつもりだった。賢志郎の他に通行人の姿はなく、公園の入り口前にピンク色の傘が開かれた状態で落ちていることにはすぐに気がついた。それが杏由美のものであることにも。

傘があったのは駐輪スペースのすぐ脇で、開かれたままだった傘が覆いかぶさるような形で、杏由美のスマートフォンが落ちていた。

心臓が飛び跳ねた。

自らの傘を放り出し、拾い上げた杏由美のスマートフォンを握りしめると、賢志郎は公園内へ向かって駆け出した。鈍く光る街路灯は、賢志郎以外には誰のことも照らしていない。

「あゆ！」

叫んだ声が、激しい雨音に吸い込まれる。足を踏み出すたびに、ざく、ざく、と落ち葉が深い音を立てた。

「あゆ？　あゆ！」

降りしきる雨が全身を叩く。視界が悪い。髪や制服がからだにへばりつき、うまく息ができなかった。

賢志郎は必死に足を動かした。もがくように、雨をかき分けるようにして進んだ。左前方に目を向けると、幼い頃よく利用していた公衆トイレがあった。

ここだ――。

迷わず女子トイレの中に入る。しかし、個室や掃除道具入れも含めて、トイレ内はもぬけの殻だった。

まさかと思いながら、隣の男子トイレへ駆け込んだ。

そこで見た光景に、跳ねていた心臓が動きを止めた。

「あゆ」

目の前に、腹部から下を真っ赤な血に染められた、幼馴染みの無惨な姿が転がっていた。

だらりと無造作に四肢を投げ出し、青い唇をして、力なく目を伏せて倒れている。杏由美のスマートフォンを取り落とし、賢志郎は横たわる彼女の脇にしゃがみ込んだ。

かすれた声で何度も彼女の名を呼びながら、震えてうまく動かない腕で、血まみれのからだを抱き上げる。

人のものとは思えないほど、杏由美のからだは重く、ひんやりと冷たかった。まるで石のようだった。


あの日の光景が蘇り、賢志郎の足がぴたりと止まった。

息が苦しい。眩暈《めまい》がした。まだ公衆トイレの背中しか見えていない。

自らの手で犯人を追うと決めた日からおよそ一ヶ月、賢志郎は何度もこの場所を訪れようと試みた。警察の見落とした手がかりが見つかるかもしれないと、淡くも捨てられない希望をいだいて。

そのたびに足が竦《すく》んだ。真っ赤に染まる杏由美の姿が蘇り、一瞬にして呼吸を見失う。

あの日目にした凄惨な光景が、まぶたの裏に焼きついて離れない。事件から三ヶ月が経った今でも、あの時の記憶は簡単に蘇る。

情けない。

自分が案外脆《もろ》い人間であることを、賢志郎は杏由美の事件をきっかけにはじめて知った。

大切ななにかを目の前で失うことの怖さも。全身が凍てついて動けなくなるような、底なし沼にはまっていくような恐ろしさも。

軽く咳き込み、どうにか深く息を吸う。歯を食いしばり、もよおした吐き気を抑え込んだ。

もつれそうになりながら、賢志郎はバカみたいに重い鉛《なまり》と化した足を引きずって歩いた。

今日こそ、あの場所へ行くんだ。あそこへたどり着きさえすれば、きっと現状を変えられる。

なんの根拠もない自信だった。けれど、なんでもいいから、己《おのれ》を鼓舞するための道具がほしかった。

戯《ざ》れ言でいい。それで前に進めるのなら、どんな虚言にだってすがろう。

荒く肩で息をしながら、賢志郎は顔を上げ、懸命に足を動かした。

十歩ほど進んで、ようやく公衆トイレの側面が見えてきた。もう二歩、あと三歩。

ずるずると無様に足を引きずり、やっとの思いでトイレの正面を目にしたその時、賢志郎ははっとして立ち止まった。

男子トイレの入り口前に、誰かがしゃがみ込んでいた。

男だ。清潔そうな黒い髪が、短く整然と切り揃えられている。

濃紺のジャケットにジーパン、足もとはダークグレーのスニーカー。横顔から想像するに、歳の頃は賢志郎とさほど変わらないだろう。

男の目の前に、お世辞にも立派とは言えない細身の花束が置かれていた。そして男はトイレの壁に向かって、目を閉じ、手を合わせていた。

そういえば、と賢志郎はふと思い出した。

十年前にも、同じこの場所で殺人事件が起きていた。当時賢志郎は七歳で、なにやら周りの大人たちが物々しい雰囲気で「人が死んだ」と騒いでいたことくらいしか覚えていないが、杏由美が刺されたことで、近隣住民たちがその時の話題を口にし始めたのだ。確かその事件がきっかけでトイレは一度取り壊されて、小学二年生の時に今建っているものが新しくつくられたんだったよなぁと、賢志郎はおぼろげな昔の記憶をたどる。

事件が起きたのは、十年前の今日、九月二十六日。被害者は当時高校生だった女の子。通り魔による犯行で、犯人は現在も逃走中だという。

幸いにも、杏由美は殺されることなく今もなお生きている。男が手向《たむ》けたあの花束は、当時被害に遭って亡くなった女の子のためのものか。彼はいったい何者なのだろう。

「こんにちは」

ぐるぐると思考を巡らせていると、いつの間にか男は立ち上がって、賢志郎に微笑みかけていた。

身長は賢志郎よりも少し低く、一七〇センチをわずかに切るくらいだ。落ち着いたテノールボイスで、銀縁のスタイリッシュな眼鏡をかけている。

制服姿ではないので確かなことはわからないが、おそらくは最初の印象どおり、自分と同じく高校生だろうと賢志郎は推察した。眼鏡をかけてはいるものの、中学生だと言われても納得できるほどの童顔だった。

呆然と立ち尽くしている賢志郎に、男は突然、はっとした顔で駆け寄った。

「どうしました？　大丈夫ですか？」

「え？」

「顔が真っ青だ。あっ、もしかして急な腹痛ですか？」

「は？」

「すみません、僕が入り口を塞《ふさ》いでしまっていましたね」

「いや、そうじゃなくて」

「本当に？　恥ずかしがってちゃダメですよ。さ、どうぞどうぞ。我慢はからだによくありません」

「違います！　ほんと、違うから」

男にトイレへといざなわれかけ、賢志郎は慌てて両手を突き出して男と距離を取った。「そうですか」と男は言い、ジーパンのポケットからハンカチを取り出した。

「ですが、やはり無理はよくない。普通じゃないですよ。この季節に、こんなにも汗だくになるなんて」

男はそっと賢志郎の額に手を伸ばし、握っていたハンカチで汗を拭った。男の行為で、賢志郎はようやく自分が汗まみれになっていることを悟った。

「ご自宅はすぐ近くですか？」

「え？」

「学校帰りですよね。早く帰って着替えたほうがいいと思います。汗が冷えると風邪をひいてしまいますから」

男はハンカチをジーパンのポケットにねじ込み、今度はジャケットの右ポケットから車のキーを取り出した。

「送ります」

さわやかな笑みを浮かべ、男は手にしたキーを顔の横でシャランと振った。スマートキーに、車のナンバープレート型の黒いキーホルダーがつけられていた。

賢志郎は目をぱちくりさせた。すっかり高校生だと思っていたのに、まさか車を運転できる年齢だったとは。

わかりやすく戸惑っている賢志郎に、男は「すみません」と苦笑した。

「いきなり車に乗せられるのではびっくりしてしまいますよね。でも僕、決して怪しい者ではありません」

キーを左手に持ち替え、ジャケットの左内ポケットに右手を突っ込むと、男は黒い縦開きのなにかを胸の高さで掲げて見せた。

「汐馬警察署刑事課の硲《はざま》桜介《おうすけ》と申します。今日は非番なのでこんなラフな格好をしていますが、一応、警察官です」

その男、硲桜介の右手に収められていたのは、本物の警察手帳だった。

「刑事」

無意識のうちに、賢志郎は桜介の言葉をくり返していた。次々と移り変わっていく目の前の事態に、全然思考が追いついていない。

とにかく、一旦落ち着かなければ。賢志郎は、気持ち長めに息を吐き出した。

少しだけスッキリした頭で、状況を整理する。

今この人は間違いなく、刑事課の警察官だと名乗った。つまり、刑事だ。だが、聞き間違いでなければ、彼は『汐馬警察署』と言ったように思う。

ここは左座名市。管轄は左座名警察署だ。とすれば当然、杏由美の事件の捜査を担当している刑事ではない。杏由美の事件を担当しているのは左座名署の刑事たちだ。

だとしたら、彼はなぜここに？

そこまで考えて、気がついた。

「あ、あの！」

「はい？」

「あれ」

賢志郎が指さしたのは、公衆トイレの前に手向けられた花束だった。「あぁ」と桜介はそちらを振り返りながら言った。

「きみはこのあたりに住んでいる方ですか？」

「はい、すぐそこです」

「でしたらご存じでしょうか。十年前、ここで女子高生が刺殺された事件があったでしょう」

こくりとうなずく。その姿を桜介はちらりとだけ見やり、哀しげな表情を浮かべて再び花束に目を向けた。

「殺されたのは、僕の姉です」

ゾク、と背筋に悪寒を覚えた。賢志郎の顔が固まる。

表情とは裏腹に、桜介の紡いだ言葉からは哀しい響きを感じなかった。ただひたすらに冷たくて、世界のすべてを恨んでいるような、どす黒い声色だった。

「ちょうど十年前の今日のことでした。姉が亡くなって以来、毎年命日にここへ来ることに決めているんです」

そう言って賢志郎を振り返った桜介の顔には、やはり哀しげな笑みが浮かんでいた。どこかつくったような微笑だった。心の奥ではまったく別の顔をしているのではないかと、そんなことを思ってしまうような。

「きみ、本当に大丈夫ですか？」

また少しぼーっとしていた賢志郎の顔を、桜介は心配そうに覗き込む。

「体調、よくないんでしょう？」

「あ、いや……昨日からちょっと風邪気味で」

「それはいけませんね。ただの風邪だと思って侮《あなど》っていると、あとでひどい目に遭いますよ」

「そんな大げさな」

「とにかく、ここで立ち話をしているのもなんですから。送りますよ」

「いえ、大丈夫です。俺、自転車なんで」

「自転車？」

答えた直後、桜介の瞳がキラリと光った。彼の目つきが、じっくりと賢志郎を観察するものへと変わる。

「その制服、左座名西高校ですか？」

「はい」

「今、学校帰りなんですよね？」

「そうです」

「んん？　トイレに立ち寄ったわけでもないのでしょう？　体調もよくないみたいですし、どうしてわざわざ自転車を降りてここへ？」

賢志郎は一歩後ずさった。眼鏡の奥で光る桜介の瞳は、杏由美の入院先の病院へ事情聴取にやってきた、左座名署の刑事たちと同じだった。

狙った獲物は逃がさない、野生のトラのような鋭い目つき。悪いことをしたわけじゃないのに、どうしてだろう。心拍数が跳ね上がり、今すぐこの場から逃げ出したい衝動に駆られる。

「そういえば、まだ伺っていませんでしたね」

賢志郎が下がった分、桜介はすかさず距離を詰めた。

「お名前を、お聞かせ願えますか」

なめるように下から上へ、桜介はゆっくりと視線を動かした。

身震いがした。自分なんかよりもずっと幼げな顔をしているというのに、桜介のまとう本物の刑事の迫力に圧倒され、うまく言葉が出てこない。

「川畑です」

どうにか声を絞り出すと、桜介は「川畑」とくり返した。

「下の名前は」

「賢志郎」

素直に答えると、桜介の顔つきが一変した。

「きみ、もしかして三ヶ月前の……?」

「知ってるんですか、俺のこと」

「いえ、確かな記憶ではないので間違っていたら申し訳ありません。ひょっとして、きみは三ヶ月前にここで起きた女子高生刺傷事件の第一発見者の方ですか?」

「そう! そうです、俺です!」

身を乗り出すようにして賢志郎は答えた。「そうでしたか」と桜介は小さくうなずいた。

「でも、どうして俺のことを? あゆの事件の捜査は、左座名署の刑事さんが担当してるんですよね？」

「ええ、おっしゃるとおりです。僕は汐馬署の人間ですので、担当外。ですが、今回の事件の詳細を聞いて、じっとしていられなかったものですから」

返ってきた答えに首を傾げると、桜介は真面目な顔でこう告げた。

「僕は個人的に、十年前に姉が殺された事件の犯人を追っています。そして三ヶ月前にここで起きた刺傷事件の犯人は、姉を刺し殺した人間と同一人物である可能性が極めて高い」

賢志郎は目を見開いた。

「本当ですか！」

「現段階では可能性の域を出ないことではあるのですが、十中八九間違いないと僕は考えています」

驚いた。賢志郎は自らが素人であることを痛感した。やはり警察は、自分よりもうんと先をぐいぐい進んでいるようだ。

「理由は？」

「はい？」

「教えてください。そこまで自信満々に言い切るなら、なにかちゃんとした理由があるんでしょ？　どうして警察は、十年前の事件とあゆの事件を同一犯だと考えてるんですか？」

　賢志郎が詰め寄ると、桜介は怪訝な表情を浮かべて賢志郎を睨んだ。

「なぜ、そんなことを知りたがるんです？」

　その目はあきらかに賢志郎を疑っていた。二つの事件が起きたこの場所での邂逅《かいこう》を、桜介は賢志郎にとって悪い方向にとらえているらしい。

「それは……」

　賢志郎は戸惑った。まさか疑われるとは夢にも思っていなかった。ともすればこの人とは同じ志《こころざし》をもって動いているというのに、なぜそのような、悪者を見るような目で見られなければならないのだろう。

　まずは誤解を解かなければ。戸惑いを振り払い、賢志郎は語り始めた。

「俺はあゆの……三ヶ月前の事件の被害者、三船杏由美の幼馴染みです。隣の家に住んでて、かよってる高校も同じで」

　桜介は黙って賢志郎の話に耳を傾けてくれた。しかし、ただ聞き役に徹しているだけではなく、話の信憑性を慎重に見極めているような姿勢だ。

「俺、ずっと後悔してて。あの日、俺があゆと一緒に帰ってたら、あゆはあんな目に遭わずに済んだのにって」

　ぎゅっと、賢志郎は拳をきつく握りしめる。

「あと一分……あと一分だけ早くホームに降りてたら。そうすれば電車一本分、六分間のタイムラグを埋められた。たった六分ですよ？　俺がちんたら電車に揺られてる間に、あゆは……」

息が苦しい。怒りで、恐怖で、膝がガクガクと震え出す。

「忘れられないんです。あゆが、トイレの中で血まみれになってる姿が。俺、意味わかんなくて。あんな血の気の引いた顔したあゆ、今まで見たことなかったから。あの、それで……あゆ、死んだのかって、思って」

息継ぎをしようと思い、おもいきり吸ったら嫌な音がした。むせた。ごまかしていた吐き気が一気にせり上がってくる。

賢志郎くん、と遠くで誰かに呼ばれたような気がした。聞こえてくる音はぼやけて、視界が歪んで、それでも賢志郎は胸を押さえながら語り続ける。

「あゆ、って……呼んだけど、全然、あの……からだが……抱き起こして……けど、重くて、冷たくて……っ」

「賢志郎くん！」

賢志郎のからだが傾《かし》ぐ。桜介は咄嗟に抱き留めた。

「大丈夫ですか！」

賢志郎は上体を丸めて激しく咳き込んだ。こらえきれず嘔吐し、膝に力が入らなくなった。その場にくずおれるしかなかった。

　俺のせいだ。

　俺があゆと一緒に帰らなかったから。

　俺があゆを守ってやれなかったから。

　全身を覆う後悔の念が、瞬く間に賢志郎の体温を奪っていく。

　あの日の杏由美の血にまみれた冷たいからだが、真っ青な顔が、潤いを無くした唇が、抱きかかえた時のずしりと重い感覚が、全身にこびりついて離れない。

　事件の日以来、この公園に来るたびに、目の前が真っ暗になって吐いてしまう。そして今日も、ぐちゃぐちゃになった胃の中身を無理やりかき出すかのように、賢志郎は苦しみに耐えながら嘔吐をくり返した。何度も忘れようとして、そのたびに思い出してしまう、あの日の悪夢を振り切りたくて。

　小刻みに震える賢志郎の丸い背中を、桜介は「大丈夫ですよ」と時折優しく声をかけながら懸命にさすった。落ち着いてきたところで、少し離れた場所にあったベンチに賢志郎を座らせると、公園の外まで走って自動販売機でペットボトルの水を購入し、賢志郎に与えた。

「まったく」

　あきれ顔をして、桜介は賢志郎の隣に腰を下ろした。

「やっぱり、ただ風邪気味なだけじゃなかったんですね」

賢志郎は、手渡された水の半分近くを口内をすすぐのに使い、残り半分のうち、ほんの少しだけを飲みくだした。隣で桜介が小さく息をつくのが聞こえた。

「そんなボロボロになってまで、どうして現場に来たりしたんですか」

先生が生徒を叱るような口調で桜介は問うた。手もとのペットボトルに目を落としたまま、賢志郎は静かに答えた。

「刑事さんと一緒です。俺も、犯人を追ってるから」

桜介は両眉を上げた。まさか、と今にも言い出しそうな顔をする桜介に、賢志郎は真剣な目をして告げた。

「俺、あゆを刺したヤツのことを、どうしても捕まえたいんです」

本心だった。事件さえ解決すれば、すべてのことが終わるのだと賢志郎は信じている。

桜介は驚いていた。まるで彼の周りだけ時間が止まったかのように、じっと動かず賢志郎を見つめている。

賢志郎の堂々たる宣言に対する純粋な驚愕《きょうがく》ではない。彼の中に築かれていたなにかが音を立てて崩れ出し、そのさまを目の当たりにしたような、ある種の恐怖や絶望を湛《たた》えているように見える。

なにが彼をそれほどまでに驚かせたのか、賢志郎にはわからなかった。あるいは彼は、賢志郎が犯人の影を追っていることをよく思わなかったのかもしれない。

一つわかることは、彼も賢志郎と同じように、大切な人を傷つけた犯人に対する大きな怒りの感情をかかえているということ。だから彼も犯人を追っているのだ。十年間、胸にかかえ続けている負の感情にケリをつけるために。

「あの」

賢志郎は姿勢を正し、桜介に言った。

「助けてもらっておいてこんなこと言うの、自分でもどうかと思うんですけど……。さっきの話、もしよかったら詳しく聞かせてもらえませんか」

桜介は不服そうな顔で首を傾げた。

「それは僕に、捜査情報を流せと言っているんですか」

「そこまでは言ってません。でも刑事さん、さっき言ってたじゃないですか。あゆの事件は、十年前の殺人事件と同一犯の可能性が高いって。その理由だけでも知りたいんです」

「お気持ちはわかります。ですが、それをお話しするには必然的に捜査上の秘密に触れなければならなくなる。僕らには守秘義務がありますから」

「は？　そんなのずるいっしょ」

「はい？」

「だって刑事さん、あゆの事件の捜査を担当してるわけじゃないんだろ？　なのに刑事さんは、あゆの事件の詳細について知ってる。どうやって知ったんですか？　他の警察署が担当してる事件のことなんだから、誰かから情報を流してもらわなきゃ知り得ないはずでしょ？」

「それは……」

「同じことだろ、俺が今やってるのは。あんたはお姉さんの事件を解決するために、担当外であるあゆの事件の情報を盗み見た。俺はあゆの事件の犯人を見つけたくて、捜査情報を握ってるあんたからそれを訊き出そうとしてる」

「屁理屈ですね。僕は警察官だ。一般市民のきみとは立場が違う」

なるほど、そうきたか。刑事である自分には職権があり、高校生の賢志郎にはない。桜介はそう言いたいらしい。

賢志郎はほんの少し考える素振りを見せ、再び桜介に目を向けた。

「刑事さん、今いくつ？」

意外な質問だったのか、桜介は不意を突かれたような顔をした。

「二十六です」

「じゃあ、十年前は十六だ」

「なにがおっしゃりたいんですか？」

訝《いぶか》る桜介に対し、賢志郎はニヤリと口の端《は》を上げた。

「ねぇ、刑事さん。お姉さんを殺した犯人を自力で追いたいと思い始めた時、あんたはすでに警察官になってた？」

桜介は言葉を詰まらせた。狙いどおりの反応だった。

「なぁ、あんたって昔から警察官になるのが夢だったの？　違うよな？　お姉さんが殺されたから。いつまで経っても捕まらない犯人を自分の手で捕まえたいと思ったから。だから警察官になったんだろ？　警察官になれば、事件に関する情報が手に入ると思ったから。違う？」

桜介は答えない。答えられないのだろう。

図星だから。今の賢志郎の指摘が正鵠《せいこく》を射ているから。

「あんたならわかるだろ、俺の気持ち。俺だってじっとしてらんねぇんだよ。あゆが……幼馴染みが刺されたってのに、警察は全然犯人を捕まえてくれない。事件に遭って以来、あゆはずっとしゃべれないままなんだ。襲われたショックで声を出せなくなっちまった。もう一度声を出したい、ちゃんと話せる自分を取り戻したいと思ってるのに、犯人が捕まらないせいで、いつまで経ってもあゆはあの日の恐怖から解放されない」

ペットボトルを握る手に力が入る。ぺこ、とわずかに表面がつぶれた。

「犯人さえ捕まれば、あゆは安心して暮らしていける。もう一度、毎日を笑って過ごすことができるようになる。声だって、ちゃんと取り戻すことができるはずなんだ。警察がダメなら、俺が代わりにやるしかねぇだろ」

一度静かに目を伏せて、再びゆっくりとまぶたを上げた。

「もう二度と、あゆの悲しむ顔は見たくねぇんだ」

絶対に、と自分に言い聞かせるように力強く続けた。

大切なものを守れなかった悔しさが、二度と後悔しないための力に変わる。あの日の恐怖と絶望にどれだけからだが蝕《むしば》まれても、杏由美の明るい未来を勝ち取るまでは、決して立ち止まるわけにはいかない。

俺のことなんてどうでもいい。

どれだけ危険だろうが構わない。

あゆが笑顔を、声を取り戻してくれればそれでいい。

かけがえのない幼馴染みが笑って過ごせる明日のために、賢志郎は犯人の影を追うことをやめない。

なにがあっても。どんなにつらくても。

しばらくの間、桜介は黙って賢志郎の横顔を見つめていた。やがて彼は、不気味なほど落ち着いた声で言った。

「一つだけ、教えてください」

賢志郎は隣を見やる。

「犯人を見つけ出して、きみはどうするつもりですか」

「どうするって……そりゃあその場で警察を呼んで、逮捕してもらうだろ。俺にできることなんて他にはないし」

それ以外に、どんな答えがあるだろう。犯人には正当な裁きを受けさせて、罪を償わせなければならない。できる限りの厳罰が下ることを、賢志郎は心から望んでいる。

賢志郎は桜介に「正解です」と言ってもらえることを期待した。だが桜介は賢志郎の意に反し、「ははっ」と楽しそうな笑い声を上げた。なんだよそれ、せっかく真面目に答えたのに。賢志郎は顔をしかめる。

「いいでしょう」

桜介は立ち上がり、座ったままでいる賢志郎にふわりと優しく笑いかけた。

「まだ動く元気はありますか？　それとも、日を改めますか？」

桜介の言葉に驚きつつ、賢志郎はすぐにその真意を悟った。

話に乗ってきてくれたのだ。ほんの少しかもしれないが、桜介は賢志郎の願いに付き合う覚悟を決めてくれた。

改めて腹に力を入れ、賢志郎はベンチから腰を上げた。

「今からで」

よろしくお願いします、と賢志郎は頭を下げた。桜介も「こちらこそ」と返し、二人揃って公園を出た。

4.

喫茶店らしい喫茶店に入ったのは、賢志郎にとって今日がはじめての経験だった。

自宅に自転車を置き、桜介の車で近所にあるカフェへ向かった。

男子高校生が利用する飲食店なんてファミレスかハンバーガー店と相場は決まっているが、それらとは違い、喧噪とはまるで無縁の落ち着いた雰囲気が漂《ただよ》う店内に、賢志郎は扉をくぐった直後から居心地の悪さをひしひしと感じた。

通された四人がけのボックス席で桜介の正面に腰かけると、シックな赤いソファの座面が思いのほかふかふかで、一瞬にしてテンションが上がった。ガキだな俺、と賢志郎は自分で自分を鼻で笑った。

「お好きなものを注文してください」

桜介は眼鏡をはずしながら「会計は僕が持ちますから」と言った。

右手に握ったハンカチでレンズを熱心に拭いている桜介を、賢志郎は黙って見つめる。

眼鏡がないと余計に幼く見えて、とてもじゃないが二十六歳の警察官とは思えない。くるりと丸い瞳がまるでリスのようで、せいぜい大学生が限度だと思った。

さっきまでいた公園で吐いてしまったせいか、まだ胃のあたりがむかむかしていて食欲はまるでなかった。お冷やだけで十分だったが、桜介が「ここの夏みかんジュースは絶品ですよ」などと言うので、賢志郎はそれを頼み、桜介はホットコーヒーを注文した。

そこで改めて、桜介が自分よりもずっと大人な存在であることを肌で感じた。賢志郎はコーヒーが飲めない。

注文を取った女性店員がテーブルを離れると、賢志郎のほうから桜介に話しかけた。

「刑事さん」

「裕です」

桜介が間髪入れず訂正する。こういう人の目がある場所で刑事だと知られるのは困るのだろうか。

「裕さん」

言い直すと、桜介は「はい」と満足げに答えながら眼鏡をかけ直した。

「やっぱり難しいんですか、犯人を捕まえるのって」

まさに賢志郎は今、リアルタイムで高い壁にぶつかっている。

勇んで犯人捜しを始めたはいいものの、一向に手がかりが掴めないまま時ばかりが過ぎていく。警察による犯人逮捕の一報もなく、ここまでなのかと何度もくじけそうになった。

現役刑事である桜介から「難しい」という言葉を引き出せれば、あるいは納得できるかもしれない。そう思って尋ねたのだが、桜介は賢志郎の期待を裏切り、淡白な口調で「時と場合によりますね」と答えた。

「一口に『通り魔』と言っても、その犯行形態はさまざまです。たとえばショッピングモールやスクランブル交差点など、どこか人の多く集まる場所で刃物を振り回し、無差別に人を傷つけるようなタイプの通り魔だと、その場で取り押さえられて事件は瞬時に解決します。ですが今回のように、ひとけのない場所でひっそりと行われるような通り魔事件の場合、よほど有力な証拠や目撃証言が挙がらない限り犯人の確保は難しく、事件は長期化する傾向にあります。今でこそ防犯カメラの設置が進んでいますが、十年前に姉が殺された頃はまだまだ普及したとは言いがたい状況でしたからね。犯行現場のトイレも事件後に取り壊されてしまいましたし、物証は特に、時間とともに消えてなくなってしまうものがほとんどです」

へぇ、と賢志郎は素直な感嘆の声を上げた。話を聞いて、やはりこの人は本物の刑事なのだと、失礼ながら今頃になってようやく実感が湧いてきた。

「てことは、お姉さんの事件ではほとんど証拠が挙がらなかったんですか？　だから犯人が見つからなかった？」

「いいえ、直接犯人につながりそうな証拠は出ました。姉は殺される前に激しく抵抗したようで、遺体の左手人差し指および中指の爪から、第三者の皮膚片が採取されています」

「皮膚片？」

「はい。おそらく、もみ合っているうちに犯人の手の甲かどこかをひっかいたのでしょう。ですが、皮膚片から取り出したＤＮＡを前科者リストと照合した結果、一致する者はありませんでした。その他の物証や有力な目撃証言などもなく、駅前やコンビニなどの防犯カメラ映像の解析も空振り。怨恨の線も考えられず、まさに八方塞がりというわけです」

「じゃあ、あゆの事件とお姉さんの事件が同一犯の仕業だって話は、その皮膚片が根拠なんですか？」

「いいえ」

注文したドリンクが運ばれてきて、桜介はしばし口を閉ざした。店員が立ち去ると、コーヒーのカップにミルクを注ぎながら話を再開した。

「きみの幼馴染み……三船杏由美さん、でしたね。彼女は姉と違って、ほとんど無抵抗のまま被害に遭われたようです。犯人につながる痕跡はほとんど残されておらず、かろうじて採取できたゲソ痕も部分的なもので、犯人の特定には至らなかったと聞いています」

「ゲソコンって？」

「足跡、靴跡のことです」

なるほど、下足痕《ゲソこん》か。賢志郎は納得してうなずいた。

「だったら、根拠は別にあるってことですか」

賢志郎が問うと、桜介はコーヒーを一口含んでから答えた。

「制服のリボン」

「リボン？」

「ええ。盗《と》られたでしょう、杏由美さんも」

あ、と賢志郎は目を大きくした。

そうだ、今の今まで忘れていた。

事件当時、学校帰りだった杏由美は、当たり前だが高校の制服を着用していた。二人のかよう左座名西高校は、珍しいことに、男子の制服がブレザーであるにもかかわらず、女子の制服はセーラー服だ。共通しているのはネクタイとリボンの色で、どちらも鮮やかな群青色。ただし、男子のネクタイには淡い同系色のストライプが細く入っている。

その日、杏由美は間違いなく、いつもどおりブルーのリボンを胸の前で結んでいた。しかし、賢志郎が公園のトイレで刺された杏由美を発見した時、結ばれていたはずのリボンが消えてなくなっていたのだ。

「もしかして、お姉さんも？」

ええ、と桜介はうなずいた。

「姉も当時、きみたちと同じ左座名西高校の生徒でした。そして、事件現場から唯一なくなっていた姉の持ち物が、制服の青いリボンだったんです」

マジか、と賢志郎はつぶやいた。

杏由美の時とまったく同じ状況だった。杏由美の事件の時も、犯人が持ち去ったと思われるものは制服のリボンだけ。道端に落としたスマートフォンも、愛用しているリュックに入れていた財布も、盗まれることなく現場に残されたままだった。警察が物盗り目的の犯行ではなく、無差別的な通り魔事件の方向に捜査の舵《かじ》を切ったのはそのためだと聞いていた。

「運がよかったですよ、杏由美さんは」

桜介は右手にマグカップを持ったまま言った。

「あと五分でも発見が遅れていたら、あるいは杏由美さんも姉のように、命を落としていたかもしれません」

にっこりと、桜介はおもいきりつくった笑顔を賢志郎に向けた。

「きみは、彼女にとってヒーローだ」

小バカにしたような言い方にイラッとし、賢志郎はなにも言わず桜介から視線をはずした。

同じ言葉を今朝、貴義の口からも聞かされた。胸の奥がモヤモヤしてくる。

ヒーローなんて、そんなものを気取るつもりは毛頭ない。一命を取り留めたからといって、結局は杏由美を危険な目に遭わせてしまった。

本物のヒーローなら、杏由美が傷つく結末さえ回避できる。すべての悲しみから、彼女を救うことができる。

大切なものを守れる力を持たない俺に、ヒーローを名乗る資格なんてない。

うつむき、目を伏せ、賢志郎は下唇を噛みしめた。

「裕さんは」

顔を上げられないまま、賢志郎は問いかける。

「自分の目で見ましたか？　お姉さんが殺された時の、現場での姿を」

血にまみれた杏由美の姿が蘇る。無意識のうちに、呼吸が浅くなっていた。

己の無力さは、己が一番よく理解している。俺は全然、あゆにとってのヒーローなんかじゃない。

カチャン、と桜介はカップをソーサーの上に置いた。

「いいえ」

短く返ってきた答えに、賢志郎はようやく顔を上げて桜介を見た。

「僕が姉の遺体と対面したのは、左座名署の遺体安置室でのことでした。署に到着するまでは『咲良《さくら》が死んだ』としか聞かされていなかったので、刺し殺されたと知った時は、頭を殴られたような気持ちになりました。状況がうまくのみ込めなくて、あの時自分がどんな言葉を口にしたのか、正直、よく覚えていません」

賢志郎は言いようのない薄ら寒さを背中に感じた。

もしもあゆが死んでいたら、俺はどうなっていただろう。

少し考えただけで、からだがぶるぶると震え出す。

「先ほど、姉は犯人と激しくもみ合った末に殺されたとお伝えしましたが、幸い顔だけはほぼ無傷の状態でした。固いベッドの上で仰向《あおむ》けに寝かされた、傷一つないきれいな姉の顔を見て、一番にこう思いました。『あぁ、僕らは死んだんだな』と」

「僕ら?」

「そう、僕ら」

ワントーン落とした声で、桜介は静かに告げた。

「十年前に殺された女子高生、硲咲良は、僕の双子の姉です。目の前にある遺体の顔は、まさに僕そのものでした」

賢志郎は言葉を失った。店員が隣のテーブルに客を案内し、桜介は平然とコーヒーをすすっている。

うまく回らない頭で想像してみる。目の前に、自分と同じ顔を持つ人の遺体がある。恐ろしくなった。言うなればそれは、死んでしまった自分を映す鏡のようなものだ。桜介が『僕ら』と表現したのは、死んだのは僕だと語ったのは、まさに言葉どおりの意味だった。

「変な気分ですよ」

ソーサーに戻したカップの縁を指でなぞりながら、桜介はすぅっと目を細くした。

「自分を殺した犯人を、自分で追いかけているんですからね」

「自分って……あんたはまだ生きてるだろ」

桜介は首を振った。

「言ったでしょう。十年前、僕は咲良と一緒に死んだと」

「違う。死んだのはあんたじゃない、あんたのお姉さんだけだ」

「なにが違うんですか？　僕はこの目で見たんですよ？　十年前の今日、安置室のベッドに寝かされていたのは、紛れもなく僕だった」

「違う！」

賢志郎は叫んだ。テーブルに叩きつけた拳が震えた。

桜介は涼しい微笑を浮かべている。正気じゃないことは、誰の目にも明らかだった。

彼の心は壊れていた。

彼の言葉を借りるならば、彼の心は死んでいた。

十年前、たった一人の姉を失ったその日から、桜介の時間は止まってしまった。だから彼は年齢の割に幼げな容姿をしているのだと、賢志郎はようやく彼に対していだいていた違和感の正体に気がついた。

くそ、と無意識のうちに吐き捨てていた。

認めたくなかった。鏡に映した自分の姿を見ているようだった。

もしもあゆが死んでいたら、俺もこんな風に、生きながらにして死んでしまっていたのだろうか。

吐き気がした。からだの芯から冷えていく。

体温をなくした、三ヶ月前の杏由美の姿が蘇る。賢志郎の時計も、あの日からずっと止まったままだ。

「賢志郎くん」

血の気の引いた顔をする賢志郎を、桜介が心配そうに覗き込んだ。

「大丈夫ですか」

賢志郎は顔を上げる。そこにはもう、先ほどまで浮かんでいた底冷えのするような笑みはなかった。

「大丈夫です」

頬を一筋の汗が伝う。さりげなく拭って、乱れかけた呼吸を整えた。

桜介は「すみませんでした」と誠実に謝罪した。

「少し、余計なことをしゃべりすぎてしまったようです」

「いえ、そんなことは」

「すっかり話が逸れてしまいましたね。軌道修正しましょう」

まとっていたほの暗い雰囲気を消し去り、桜介は柔らかく笑って、マグカップの取っ手に指をかけた。

「えーっと、どこまで話しましたっけ」

優雅にコーヒーをすする桜介の切り替えの早さについていけず、どうにか落ち着かなければと、賢志郎はいまだ手つかずの夏みかんジュースをそっと手前に引き寄せた。

「制服のリボンが持ち去られた話は聞きました」

ストローの封を切り、少し中身をかき混ぜてから口をつける。

桜介から聞かされた前評判どおり、本当においしいジュースだった。グラスを顔に近づけた時にふわりと感じた香りもよく、さわやかな酸味とほのかな甘みのコントラストが絶妙だ。生搾りなのか、つぶつぶの食感もたまらない。

「そうそう、リボンの話でしたね」

桜介は思い出したように言った。

「実は五年前にも類似事件が起きているんですよ、別の場所で」

「え!」

賢志郎は机の上に身を乗り出した。

さすがは現役警察官。手にしている情報量が桁違いだ。これまで少しも知らなかった事実が次々と明らかになっていき、賢志郎は胸を高鳴らせる。

「五年前、瀬鞠川《せまりがわ》市内で女子高生が帰宅途中を襲われ、姉と同じく腹部を刺されて亡くなっています。瀬鞠川東《ひがし》高校の生徒で、事件当時身につけていたセーラー服のリボンだけが現場から持ち去られていました」

瀬鞠川市は賢志郎の住む左座名市の二つ西隣の街だ。間に桜介の勤め先、汐馬警察署のある汐馬市を挟む形で、県内でも西寄りの地域にある。

「瀬鞠川市には警察署がなく、汐馬署が汐馬市とともに瀬鞠川市も管轄地域として受け持っています。なので事件当時、僕も現場に入りました」

「捜査に参加したってことですか」

「ええ。といっても、その頃の僕はまだ刑事になりたてで、先輩の後ろをついて回っていただけでしたけどね。それでも、制服のリボンが犯人によって持ち去られていたことがわかった時、僕が姉の事件について進言したことで、捜査の方向性が固まったんです。犯人逮捕には至りませんでしたが」

悔しさをにじませ、桜介はかすかに息をついた。

ずっと追い続けてきた人間を、目の前で捕《と》り逃したようなものだ。彼の覚えた歯がゆさは、賢志郎にも痛いほど理解できた。

「でも、どうして」

賢志郎は首を捻る。

「どうして犯人は、リボンだけを盗んだんですか？　意味わかんないよ。リボンなんて持って帰って、なにに使うつもりだったんだ？」

「自分で使うために持ち去ったとは限りませんよ」

眼鏡の位置を正してから、桜介は丁寧に語り始めた。

「シリアルキラー――連続殺人犯のことですが、彼らはしばしば犯行の証として、現場から『記念品』『戦利品』などと呼ばれるものを持ち去ることがあります。指や耳など、被害者の肉体の一部を剥《は》ぎ取ったり、あるいは今回のように被害者の身につけていたなにかだったりと、犯人によって態様はまちまちですが、異常心理をかかえる犯人ほど、こうした特徴が顕著になります。よほどの自信があり、自らの犯行であることを誇示したいという心理が働いているからだと考えられています」

肉体の一部。賢志郎は身を固くした。血の気が引いていくのがわかる。

「被害者のものならなんでもいいと思っている犯人ももちろんいますが、中には持ち去る記念品にこだわりを見せる者もいます。たとえば、右手の親指が切り取られた遺体が出たとしましょう。それから数年スパンで同じように右手の親指を切り取られた遺体が二つ、三つと発見される。それらはすべて手口が同じですから、同一人物による犯行と考えられますよね。犯行と犯行の間で数ヶ月、数年単位の時間をあけるのもシリアルキラーの特徴で、その期間を『冷却期間』と言って、犯人が冷静さを取り戻し、次の犯行に備えるための時間だと言われています」

なるほど、理屈はわかる。しかし、指を切り取るというたとえがあまりにも残虐で、賢志郎は自分でも気づかぬうちに苦虫を噛みつぶしたような顔をして、右手の親指をきつく握り込んでいた。

「今回の一連の事件でも、記念品は制服のリボン、それもセーラー服の胸の前で結ばれているものに限定されています。同一犯の仕業とみてまず間違いないでしょう。そしておそらく、そこにはなにかちゃんとした理由がある。ピンポイントでリボンだけを持ち去っていく理由が」

「理由って？」

「それはまだわかりません。単純にリボンへの執着心を持った人間なのか、あるいはきみが先ほど言ったように、なにかに使うために集めているのか。犯人はセーラー服を着た女子高生ばかりを狙っていますから、『リボン』への執着ではなく『セーラー服姿の女子高生』への執着とみることもできます」

　いずれにせよ、と桜介は再び眼鏡を押し上げた。

「無差別的に連続殺人を起こすほどの異常な心理状態に陥るには、それ相応の理由があります。主な要因としては、幼少期のトラウマ的経験……親に虐待されていたとか、誘拐やレイプなどの犯罪被害に遭ったとか。今回の犯人がセーラー服のリボンにこだわるのも、不安定な家庭環境で育ってきたなど、なんらかの過去の出来事と大きくかかわりがあるものと思われます」

「たとえば？」

　たとえば、と桜介は少し考えるような仕草を見せつつ、賢志郎の言葉をくり返した。

「そうですね……。では、こういうのはどうでしょうか。犯人――仮にXとしましょう。Xは男で、少し歳の離れた姉がいた。女性として成熟していく過程で、姉は弟であるXを性的な目で見るようになり、やがてXに対し性暴力を振るうようになる。その時姉が身につけていたのがセーラー服で、リボンをはずし、いやらしい目をして胸もとをはだけさせる姉の姿が、Xの脳裏に強く焼きついてしまった」

うわぁ、と賢志郎は顔をしかめた。

「そりゃあそんな目に遭ったら、トラウマにもなるよな」

「トラウマばかりがきっかけとは限りませんけどね。なんらかの理由で『セーラー服をまとった女子高生を殲滅《せんめつ》しなければならない』というある種の宗教的観念に囚われた人間が、自らの使命を全《まっと》うすべく次々と女子高生を殺し歩いているとか、そういう話でも」

「うわ、それはそれでやばいな」

「殺人犯なんて、ふたを開ければみんな同じですよ。普通の人間がなんの苦もなく止まれる線、誰もが越えてはならないと知っている道徳的な一線を、彼らはひょいと踏み越えてしまえるわけですからね。なにかに取り憑かれでもしなければできないことです」

「取り憑かれる」

「ええ。咲良や杏由美さんを襲った犯人もそうですよ。ひどく歪んだ環境で育ってきたであろう犯人は、なんらかのきっかけでセーラー服を身にまとう女子高生への殺人衝動をいだくようになった。先ほど挙げた性暴力の例をもう一度使わせていただくと、犯人Xは自らを傷つけてきた姉を真っ先に殺害したものの、過去の性暴力の記憶から逃れられず、咲良や杏由美さんに姉の姿を重ねてしまい、結果として殺人をくり返してきたと、そういう理屈になります。つまりXは、いまだに姉からの性暴力を絶えず受け続けているという妄想に取り憑かれ、咲良や杏由美さんを自らの姉だと思い込んでいる。彼の認識としては、姉のことだけを何度も何度も殺しているわけです」

「なるほどね。Xにとって、あゆや咲良さんは自分のお姉さん。まるで知らない第三者じゃないってことか」

「あくまで可能性です。深く考えすぎないように気をつけてくださいね。偏った思考に囚われていると、真実を見失ってしまいます」

　桜介はほんの少しだけカップを傾けて喉を潤し、「まぁでも」と話を続けた。

「咲良も杏由美さんも、二件目の被害に遭われた瀬鞠川市の女性も、共通してレイプされた痕跡はありませんでしたから、単純な快楽殺人、とりわけ性的欲求の充足を目的とした犯行ではないことは確かです。被害者の共通項も『セーラー服姿の女子高生』というだけであまりにも漠然としていますし、やはり一連の事件を解決するカギは持ち去られたリボンにあると僕は思うんですよね」

ほとんど中身のないカップをソーサーに戻した桜介は、なにやら深く考え込むような顔をして黙ってしまった。

難しく、やや重苦しい話に張り詰めていた空気がわずかに緩む。賢志郎はいつの間にか肩に入っていた力を抜き、夏みかんジュースに口をつけた。

正直、ここまで詳しい事情や見解を聞かせてもらえるとは思っていなかった。これまで考えもしなかったことが次々と頭の中に流れ込んでくる。増え続ける情報の海で溺れそうになりながら、賢志郎は必死にもがいて桜介の話に食らいついていった。

「あの」

ここで一つ、賢志郎が質問を挟んだ。

「模倣犯っていう可能性はないんですか?」

「模倣犯?」

「そう。裕さんのお姉さんを殺したヤツと、あゆを襲った人間が、別にいるっていう可能性です」

なるほど、と桜介は口にしたものの、その表情は渋く、冴えない。

「まったくあり得ないとは言えませんが、あまり賢い見解だとは思えませんね」

「どうして?」

「賢志郎くん、そもそも模倣犯というのはなぜ現れるのだと思いますか?」

なぜ？　賢志郎はたじろいだ。そんなこと、これまで考えてもみなかった。

「答えは至って単純です。『その犯罪が成功したから』」

「成功？」

「そう。また一つ例を挙げますが、たとえば郵便局で強盗事件が起きたとしましょう。犯人は局員を脅して金を奪い逃走、現在も捕まっていない。郵便局という、全国でその名を知らない人などいないというメジャーな金融機関で起きた事件ですから、当然マスコミ各社はこぞって報道するはずですね。するとどうでしょう、報道を見た一部の金に困った人間に『そうか、郵便局なら強盗に入っても逃げ切れるんだ』『自分の家の近くにも郵便局がある。あそこから金を奪ってやろう』という心理が働きます。なぜなら、先んじて行われた郵便局強盗が成功しているからです。これがもし失敗に終わっていれば、少なくとも郵便局での強盗を真似しようとは誰も思わないでしょう」

　そっか、と賢志郎はうなずいた。『あの宝くじ売り場で一億円を当てた人が出た』という話と似ているなと思った。

「このように、模倣犯というのは過去の成功した犯罪を参考に自らも犯罪に走ります。あるいは別のパターンとして、世間の関心を引くために物語の世界などで描かれる派手な演出の犯罪を真似るなど、愉快犯的な事件の場合もあります」

　賢志郎は今日何度目かの「なるほど」を口にした。桜介の話はいちいちわかりやすくて、高校生の賢志郎にもきちんと理解できる。

「それに対し、もし今回の一連の事件のうち、二件目以降が咲良の事件を模したものだとすると、いくつか矛盾点が指摘できます。咲良の事件から始まった過去三件の通り魔事件で、共通しているのは被害者が全員セーラー服姿の女子高生であることと、リボンを盗られているということの二点。そのうち後者について……リボンの件ですね。そちらについては報道発表されていません。僕ら警察が報道規制を敷いているからです。つまり、二件目と三件目の犯行が模倣犯によるものだとすれば、犯人はいったいどこで、リボンについての情報を掴んだのか。この点を追究していく必要があります」

「だよな。俺も知らなかった。あゆの他にも、刺された時にリボンを盗まれた人がいたなんて」

「そういうことです。被害者の所持品のうち、制服のリボンだけが犯人によって持ち去られたという事実を知り得るのは、警察の捜査関係者と一部のマスコミ関係者、それから被害者遺族、もう少し広げても、きみのような被害者の友人、知人程度でしょう。単純な女子高生殺しであれば捜査範囲は広がるばかりですが、ここにリボンという共通項を生み出すことで容疑者はぐっと絞られる可能性が出てきますから、犯人にとってはデメリットでしかありません。なんらかの理由で連続殺人を演出したかったのだとしても、咲良の事件から五年も経ってから事件を起こしていたのでは世間の気を引くのも難しい。咲良の事件は単純な通り魔殺人としか報道されていませんし、リボンの件が伏せられている以上、一般市民は連続殺人を疑う要素を持ち得ない。咲良の事件について覚えているのは、関係者とせいぜい地元住民くらいなものでしょう」

それについては、賢志郎も痛感しているところだった。

杏由美の事件からまだ三ヶ月しか経っていないというのに、高校の同級生たちはすっかりこれまでどおりの生活を送っている。今でもあの事件に囚われているのは、賢志郎と杏由美くらいなものだ。貴義や夕梨だって、具体的に事件の話題が出ない限り、普段は忘れていられるのだろう。

「そういうわけで、今回の一連の事件について、模倣犯による犯行の可能性は極めて低いと思われます。過去三件の事件を連続したものであるとみるなら、ほぼ間違いなく、単独犯だと考えていい。しかし……」

言葉尻を濁らせ、桜介は両腕をテーブルの上に重ねて体重を預けた。

「少々腑に落ちない点があるのも確かなんですよねぇ」

トン、トン、と、桜介の右手の人差し指がテーブルを叩き始めた。賢志郎は首を傾げる。

「腑に落ちない点って？」

「いえ、たいしたことではないのですが」

やはりはっきりしない態度を取る桜介に、「ちょっと」と賢志郎は身を乗り出した。

「そこまで言いかけて話さないなんてズルいだろ。気になる！」

唇を尖《とが》らせると、桜介は「そうですね」と苦笑した。

「気になっているのは、犯行地点についてです」

「犯行地点？」

「はい。一連の犯行のうち、咲良の事件と杏由美さんの事件が起きたのは同じ公園だったじゃないですか。いくら十年という期間をあけて、なおかつ五年前に別の場所の犯行を挟んでいたとしても、もう一度まったく同じ場所を選ぶなんてことがあるのかなぁと思いまして」

確かに、と賢志郎は思った。言われてみれば、やや不自然さを感じる。

「次の犯行まで五年もの冷却期間を設けているので、慎重に状況を見極めながら計画的に犯行を重ねていくというシリアルキラーの特徴に当てはまると思うのですが、計画性の高さゆえに、同じ場所で二度事件を起こすというのは少し考えにくいんですよね。基本的に犯人は捕まりたくないと思っていますから、記念品を持ち帰りはするものの、その他の証拠はなるべく残さないよう最大限気を配りますし、アリバイ作りをすることもあります。犯行地点についても同様に、一度事件を起こしたところで再度事件を起こそうという気になるかどうか……ましてや二件目で別の場所を選んで事に及んでいるにもかかわらず、です」

「そうだよな。この辺は一軒家ばっかりで、引っ越してく人のほうが珍しい。うちの母さんもそうだけど、十年前の事件のことはたいていみんな覚えてるみたいだからな」

「ええ。咲良の事件での目撃情報と、杏由美さんの事件での目撃情報のすり合わせは当然のように行われていますが、犯人にだって、警察が同一犯を疑う可能性は十分予見できるはずです。自分に疑いの目が向く可能性が上がるだけなのにどうしてなんだろうって、ずっと気になっているんですよね。あの公園になにか強いこだわりがあるのかもと思って、軽犯罪を含めた過去の事件を調べてみたりもしたんですが、あそこで起きたのは咲良の事件と杏由美さんの事件だけのようですし」

　桜介が再びテーブルの端を指で叩き始めた。考えごとをする時の彼の癖らしい。賢志郎も自分なりに思考を巡らせてみた。

　桜介の言うとおり、犯人とあの公園とはなにか因縁めいたものがあるのだろうか。犯人ははじめから、もう一度あの公園に戻って犯行に及ぶつもりだった？　だから裕咲良殺害からおよそ十年が経った今年の六月、たまたま公園の前を通りかかった杏由美を狙った？

　――たまたま？

そうだ。犯人が計画的に犯行を重ねているかどうかについては、現時点では単なる憶測に過ぎない。硲咲良殺害事件と三船杏由美刺傷事件が同一犯である可能性は胸のリボンが盗まれたことでほぼ間違いないと仮定できても、犯行地点が重なっている件については偶然の一致ということもあり得る。

犯人は慎重に計画を立てて事件を起こしているのではなく、なんらかの要因が引き金となって、偶発的に犯行に及んでいる。そういう可能性だって、今の段階では十分考えられるはずだ。それこそ先ほど桜介が例に挙げた、被害妄想に取り憑かれて衝動的に殺人をくり返すXのように。

「どうかされましたか」

難しい顔をしている賢志郎を、桜介がそっと覗き込んだ。

「あ、いえ……。もしかしたら、ただの偶然だったのかなーと思って」

「偶然?」

「はい。犯人は三ヶ月前のあの日、本当はあゆを襲うつもりなんてなかった。だけどなにか理由があって、急遽あゆを襲わなきゃならなくなった……とか」

「突発的な犯行だったとおっしゃりたいんですか?」

「そう。突然あゆを殺したい気持ちになった、みたいな」

「いや、ですが……」

「だってさ、考えてみてくださいよ。あゆは普段、公園の中のあの道を通学に利用していないんですよ？　いつもは自転車でかよってて、雨の日だけあの道を通って帰るんだ。確かに事件が起きた時は梅雨真っ只中で、俺もあゆもよくあの道を利用してたけど、毎日ってわけじゃない。もし犯人が慎重に、計画的に動いているんだとしたら、天候に左右されるような計画なんてきっと立てない。そうじゃないですか？」

自分だったら、そうだ。計画とは、確実な成功を求めて立てられるものなのだから。

「あの日、犯人は偶然あの場所にいたんじゃないかな。そこへちょうど、『セーラー服姿の女子高生』っていう条件に当てはまるあゆが目の前を通りかかった。だから襲った。唐突に。偶発的に。そう考えたほうが自然だと思いませんか？」

なるほど、と桜介は何度か首を縦に振った。

「すみません、高校生だと思って少々なめていました。きみは賢い」

「……なんか褒められてる気がしないんだけど」

褒めていますよ、と桜介は笑った。笑顔がつくりものっぽくて全然信用できないと賢志郎は思った。

「確かにきみの言うとおりです。なにも犯人は、はじめから計画性をもって犯行に及んでいるとは限りませんからね。凶器を持ち歩いていた理由だって、誰かを刺すためではなく、自分自身を守るため……いわゆる護身用だと考えれば一応の説明はつきます。その線だとすると、犯人が犯行を決断するための条件がもう少し具体的でなければなりませんね。『セーラー服姿の女子高生』では、やはり漠然としすぎています。たったそれだけの条件であれば、被害者の数が膨れ上がってしまう」

「被害者の見た目、とか？」

「あり得ますね。当時、咲良の服装は左座名西高校の制服、足もとは紺色のハイソックスに焦げ茶色のローファー。身長一五五センチ、左目の下に泣きぼくろがあります。髪飾りはつけておらず、腰の少し上あたりまで伸ばしたストレートの黒髪を下ろした状態でした」

「あゆは身長一六〇センチ、咲良さんと同じ左座名西の制服に紺のハイソックス、靴は薄ピンクのスニーカー。顔の特徴はあんまりないかも。アイドルみたいに特別かわいくもなければ、絶望的にブスってわけでもない。髪を伸ばすのが苦手で、昔からずっと肩にかからないくらいのボブにしてる。染めてはいないけど、今はパーマでふわっとさせるのがブームらしくて、高校に入ってからはずっとそんな感じ」

ほう、と桜介が表情を変えた。

「髪型が決定的に違いますね」

「だな。咲良さんは長くて、あゆは短い」

「女性の容姿で一番に目につくのは服装と髪型です。その次が顔の印象。アメリカと違って、日本にいる女子高生はたいてい東洋系黄色人種ですから、肌の色は選別対象にならない。咲良と杏由美さんの見た目は、同じ制服を着ていても髪型がはっきりと違っているので、犯人はセーラー服という点以外の容姿で被害者を決定しているのではないようですね。二件目の被害者は瀬鞠川東高校の生徒ですから、左座名西高校の制服に惹かれて犯行に及んでいるというわけでもない」

「じゃあ、リボンの色は？」

「瀬鞠川東はえんじ色です。左座名西は青」

「違うか」

ええ、と桜介は肩をすくめた。

「どうやら僕らには、まだまだやるべきことがあるようですね」

桜介の言うとおりだ。犯人に近づくためには、あらゆる可能性を考慮し、間違っているものを一つずつ消していかなければならない。

「ありがとうございました、賢志郎くん。きみのおかげで、また少し前へ進めそうです」

「いや、俺のほうこそ」

桜介に深々と頭を下げられ、賢志郎は慌ててぺこりとお辞儀をした。もとはと言えば、賢志郎のわがままから始まったことだ。桜介に対し感謝こそしても、感謝されることなどなにもない。

「他になにか訊きたいことはありますか？　話せる範囲でお答えしましょう」

「あぁ、えっと……」

突然の申し出に戸惑ったが、せっかくの機会なのでなにか訊いておこうと、賢志郎は頭を働かせた。

「じゃあ、一ついいですか」

「もちろん」

「お姉さんは、どうしてあの公園に？」

桜介の表情が一瞬曇る。しかしすぐになんでもない口調で話し始めた。

「父を見舞うためです」

「お父さんを」

「えぇ。事件当時、父が左座名市民病院に入院していたんです」

入院、と賢志郎は険しい表情でくり返した。

「硲さんも左座名出身なんですか？」

「いえ、実家は鷲見《すみ》です。今は汐馬で一人暮らしをしていますが」

桜介の出身地である鷲見市は、左座名市の東部と隣接している小さくてのどかな街だ。東から鷲見、左座名、汐馬の順で並んでおり、汐馬の南西に瀬鞠川市がある。

「入院と言っても、盲腸の手術をしただけなのでたいしたことはなかったんですが、咲良は昔から父にべったりでしてね。入院中は毎日のように学校帰りに病院を訪れていました。ご存じのとおり、市民病院は公園のすぐ東側。駅と病院を行き来するには、公園を横切るのが最短距離です」

「あゆと同じだ」

「ええ。おそらく、駅から杏由美さんと同じルートをたどって公園に入ったのでしょう。先ほどきみが指摘したように、仮に犯人が突発的、衝動的に事件を起こしていたのだとすると、もしかしたら犯人は、このあたりに住んでいる、あるいはこのあたりの学校にかよっていたり会社に勤めていたりするのかもしれませんね。シリアルキラーというのは、基本的に僕らと変わらない普通の生活をしていて、自らの慣れ親しんだ土地でターゲットを物色することが多いという研究データもありますから」

素直に賛同できる意見だった。このあたりの人間なら、現場周辺の地理に詳しいことにも納得できる。土地勘があれば、人に見られる可能性の少ないルートを選んで逃げることだってできるはずだ。

そして桜介の姉、咲良も杏由美と同様、偶然あの公園の前を差し掛かったところを襲われている。犯人が計画的に動いていたとする推理は、やはり当てはめにくいのではないかと賢志郎は思った。

「他には？」

桜介に促され、賢志郎はしばし黙考してから二つめの質問を投げかけた。

「さっきからよく出てくる、シリアルキラー？　でしたっけ。そういう専門的な知識って、警察学校で習うんですか？」

「教えてもらえるものもありますが、僕の犯罪学に関する知識はほとんどが独学によるものです。僕は高校を出てすぐ警察官になりましたから、犯罪学のように、大学の専門課程で習うような知識はからっきしで。咲良の事件の解決に役立ちそうなものを、仕事の合間に片っ端から頭に叩き込んでいった感じですね」

「へぇ、すごいな。話を聞いてて、すげー頭のいい人なんだろうなーとは思ってたけど、想像以上に勉強熱心で驚きました」

「恐縮です。自慢するわけではありませんが、一応高校は園山《そのやま》を出ていますので」

「マジで！　はぁん、そりゃ賢いに決まってるな」

県立園山高校といえば、県内では東大進学率ナンバーワンの超難関進学校だ。どうりで、と納得する一方で、咲良が殺されていなければ、桜介だってきっと難関大学に進んでいたのだろうなと、賢志郎は来るはずだった明るい未来を失ってしまった桜介に対し、いたたまれない気持ちになった。

「まだ、お訊きになりたいことはありますか？」

賢志郎の浮かない顔つきを見てか、桜介はやや大げさに笑みをつくって賢志郎に傾けた。

「じゃあ、あと一つ。これは俺の個人的な興味なんですけど」

「はい、なんでしょう？」

「刑事になる人って、みんな裕さんみたいな感じなんですか？」

「というと？」

「ほら、家族が犯罪被害者で、とか。そういうのがきっかけで、みんな刑事を目指すのかなぁって」

桜介はかすかに眉を動かすと、興味ありげな顔で賢志郎を見た。

「きみ、刑事になりたいんですか？」

「いや、そういうわけじゃないけど。単純に気になったっていうか」

本当に刑事になりたいと思って尋ねたわけではなかった。賢志郎は昔からバスケットボールの指導者になることを夢見ていて、大学は教育学部に進んで教員免許の取得を目指すと決めている。

そんなことはつゆほども知らない桜介は、苦笑まじりに「やめたほうがいいですよ」と言った。

「想像以上に厳しい職場ですからね、刑事課は。『働き方改革』なんてものが叫ばれる時代の中にありながら、うちは希望どおりに休みを取れないことが当たり前です。よほどこの仕事に憧れているか、僕のようになにか特別な理由でもない限り、オススメはしません」

涼しい顔でカップをからにした桜介にどんな顔をすればいいのかわからず、賢志郎はごまかすように夏みかんジュースをすすった。とけ出した氷のおかげで、すっかり味がぼやけていた。

「質問にお答えしましょう。僕のように、身内に犯罪被害者がいる人も中にはいますが、ごく少数です。ご自身が犯罪被害者である場合も同様、過去になんらかの犯罪にかかわった経験のある人はあまりいません」

「自分が被害者って人もいるんですか?」

「ええ。空き巣に入られたとか、ひき逃げに遭ったとか。犯罪とは少し違うかもしれませんが、昔学校でいじめに遭っていた、なんていう方もたまにいらっしゃいます。そうそう、交番勤務時代にお世話になった先輩で、中学生の頃、ご家族の方に首を絞められて殺されかけたっていう方がいましたね」

賢志郎は目を見開いた。

「嘘だろ」

「本当に、嘘みたいな話ですよね。ですが、家族間の問題がこじれて殺人事件に発展するケースはままあります。心を許しあえる身内同士だからこそ、高ぶった気持ちに歯止めが利かなくなってしまうのでしょうね。人というのは、案外簡単に一線を越えてしまうものなのかもしれません。僕らが思っている以上に、軽く」

遠い目をする桜介に、賢志郎はなにも言えなかった。

怖いと思った。自分や桜介も、きっかけさえ与えられればいつか人を殺してしまうのだろうか。そう考えると、たまらなく恐ろしい。

桜介の視線が戻ると、彼は穏やかな笑みを浮かべて話を続けた。

「その先輩は採用からもう十年以上になりますが、今でも交番勤務を続けています。犯罪が起きてから動くのではなく、できることなら未然に防ぎたいとおっしゃっていました。熱心に担当地域をパトロールして、少しでもおかしい、様子が変だと思った人がいれば、積極的に声をかけるよう心がけているのだそうです」

「へぇ、かっこいいね」

「僕もそう思います。尊敬する先輩の一人です」

賢志郎は納得の顔で首を縦に振った。そういえば一学年上のバスケ部の先輩で、副キャプテンを務めていた人がちょうどそんな感じだったな、あの人も熱心に部員たちに声をかけていたっけ、なんてことを思い出し、少しだけ気持ちが沈んだ。今はあまり、バスケ部のことは考えたくなかった。

「そういうわけで」

桜介が話を再開した。

「今の話からもわかるでしょうが、犯罪被害者だからといって、必ずしも刑事を目指すとは限りません。彼のように警察官になる人はいても、刑事になるかどうかはまた別の話。警察には刑事課以外にもたくさんの部署がありますし、どのようにして犯罪と向き合っていくかは、その人次第というわけです」

そうなんだ、と賢志郎は満足げにうなずいた。

「警察に対して『強さ』や『力』をイメージする人はやはり多いですし、実際にそういったものに憧れをいだいて、警察官になる人もいます。僕も半分はそうですしね」

「硲さんも？」

「はい。僕の場合は、咲良の死の真相を暴きたいという気持ちももちろんありますが、採用試験でそんな話をするわけにはいかないでしょう？　面接官に志望動機を訊かれた時、僕はこう答えました。『大切な誰かを守れる力がほしい』と」

とくん、と心臓がやや大きく脈打った。

賢志郎も同じだった。あの日、あゆを守れるだけの力が俺にもあればと、これまで幾度となく考え、そのたびに絶望した。

桜介が同じ後悔をしていることに多少救われはしたものの、心が飛躍的に軽くなったわけではなかった。途切れることなく襲いかかってくる後悔の念は、今でも賢志郎の神経をすり減らし続けている。

どうしてあゆが傷つけられなくちゃならない？　どうして俺は、あゆを守ってやれなかった？

どこで、なにを間違えて、あゆの笑顔と声を失うことになっちまったんだ――？

考えるたびに苦しくなって、賢志郎は目を伏せる。

もうずっと、このぶつけようのない苦しみから逃れられずにいた。犯人を見つけ出したいと思ったのも、あるいは自分がこの苦しい毎日から逃れたいだけなのかもしれない。賢志郎はここ数日、うっすらとそんなことを感じ始めていた。同時に、俺はなんて薄情なんだ、結局は自分がかわいいだけなのかと、自己嫌悪に陥った。

「賢志郎くん」

声をかけられ、我に返った。正面に座る桜介に目を向けると、彼は怖い顔で賢志郎を見つめていた。

「大丈夫ですか」

「あ……はい。平気です」

「そういえばきみ、風邪気味だと言っていましたね。すみません、長々とお引き留めしてしまって」

「いや、本当に大丈夫です。そもそも俺が無理を言って来てもらったんだから」

「そうでしたね。今思えば、いい選択をしたものです。大変有意義な時間を過ごすことができました」

ありがとうございます、と桜介は座ったまま慇懃《いんぎん》に頭を下げた。賢志郎も彼に倣ってお辞儀をする。このやりとりは今日二度目だ。

「なにかあったらいつでもご連絡ください。僕もきみに訊きたいことがある時は、またこちらへ伺います」

桜介はジャケットの内ポケットから名刺入れを取り出し、一枚抜き取って賢志郎に手渡した。

「裏に個人用携帯の番号が書いてありますから、遠慮なくかけてきてくださいね」

名刺を裏返してみると、右下の隅に０８０から始まる十桁の番号が手書きされていた。「ありがとうございます」と言って、賢志郎は名刺をブレザーの右ポケットに突っ込んだ。

会計を済ませた桜介は、助手席に賢志郎を乗せ、五分ほどドライブして川畑家の前に車を停めた。

時刻はまもなく午後六時。太陽の沈んだ西の空が黄昏《たそがれ》に染まり、見慣れた住宅街が美しくも切ない情景に包まれる。

「では、また」

運転席の桜介に微笑みかけられ、賢志郎は「はい」と答えてシートベルトをはずし、ドアに手を伸ばそうとした。

「もう一つ、訊いてもいいですか」

伸ばしかけた手を引っ込めて、今一度桜介を見やる。「どうぞ」と桜介は短く返した。

「あの公園で、硲さん、俺に訊きましたよね。犯人を見つけ出してどうするつもりなのかって」

「ええ」

「硲さんは、どうするつもりなんですか」

ずっと気になっていた。あの質問の真意はなんだったのかと。

賢志郎はただ、犯人が見つかれば杏由美が安心して暮らせるようになると思っているだけだ。あの日の恐怖にずっと怯えたままだから、杏由美はいまだに声を出せず、笑顔も取り戻せないのだと。

犯人が捕まって、刑務所に入ってくれさえすれば、すべての問題が解決する。賢志郎はそう信じて、これまで必死に犯人の影を追い続けてきた。

当然、刑事である桜介も同じだと思っていた。だが、もし違っていたとしたら？

桜介が姉の咲良を殺した人物を追い続けているのには、賢志郎とは違う、なにか別の事情があるのだとすれば？

桜介は、黙ったまま賢志郎から視線を逸らした。まっすぐフロントガラスを見つめたかと思えば、そっと目を伏せ、再びゆっくりとまぶたを上げた。

「殺します」

訪れる夜の闇に溶け込む横顔が、無感情な響きで静かに告げた。

桜介はゆっくりと、助手席の賢志郎に目を向けた。

「僕はどうしても、犯人を殺したい。だからきみに尋ねたんです。きみが僕と同じ目的で動いているのなら、先を越されるわけにはいきませんからね」

桜介の瞳が鈍く光る。呆然と細く口を開いた状態から、賢志郎は動くことができなかった。

犯人を、殺す？

言葉の意味を、咄嗟に理解できなかった。

そんなこと、これまで一ミリだって考えたことなどない。

要するに桜介は、姉を殺されたことへの復讐をするために犯人を追っているということか。見つかり次第、自らの手でその命を奪い去ってやるために。

「ダメだろ」

なんとか絞り出した賢志郎の声は、情けないほど弱々しかった。

「そんなのダメだろ、普通に考えて。殺すって……そんなことしたら、あんたも犯人と一緒じゃねぇか」

「一緒？」

桜介は鼻で笑った。

「一緒なはずないでしょう。犯人はなんの罪もない、殺される理由のない咲良を殺したんですよ？　それは間違いなく、死に値する行為です。犯人には殺されるだけの理由があり、僕はその正当な理由をもって、犯人を殺そうとしている。これのどこが同じだと言うんですか」

「そんなの屁理屈だろ！　人殺しなんてみんな同じだって、あんたさっき、自分でそう言ってたよな！」

「それは単純に、殺人を犯すことのできる人間とそうでない人間がいるという道徳面での話です。咲良を殺した犯人に情状酌量の余地は少しもありませんが、僕は違う。咲良を殺した人間は、殺されて当然なんですからね」

賢志郎は歯噛みした。桜介の言っていることが間違いなのは自明であるはずなのに、反論の言葉が出てこない。

言うまでもなく、見ず知らずの少女を身勝手に殺した罪は大きい。だが、そうであるからといって、復讐が正当化されていいはずがない。

頭ではわかっているのに、なぜか桜介の言っていることが正しいように聞こえてならなかった。あゆを刺した人間なんだ、殺されて当然じゃないのかと、頭の片隅でそう思ってしまう自分がいる。

――みんな、犯人のことを恨んでる。

不意に、教室で聞いた夕梨の言葉が蘇った。

そうだ。俺だって犯人のことを恨んでる。あゆを傷つけ、怖がらせ、声を奪ったヤツが憎い。憎くて憎くてたまらない。

「でも……だからって」

拳を握る。桜介の主張に流されかけている自分を、必死になって食い止める。

殺しちゃダメだ。そんなことをしたって、なんの解決にもならない。

死んでしまえば、犯人は己の罪の重さがどのくらいのものだったのか、一生わからないままになってしまう。

そんなの理不尽だ。私刑は誰を救う手段でもない。

「そうだよ。あんたの言うとおり、犯人は死んで当然かもしれない。けど、あんたが殺すのと、死刑判決を受けて死ぬのとではわけが違う。あんたが殺しちゃ意味がないんだ」

「詭弁《きべん》ですね。僕が殺してはいけない理由がまるで立っていない。そんな曖昧な言葉を並べて、僕を説得できるとでも？」

桜介は微塵もなびかない。賢志郎は、今にも雨の降り出しそうな顔をする。

「五ヶ所も刺されたんですよ、咲良は」

桜介は怒りと悔しさをにじませた声で言う。

「どれほど怖かったか、どれほど痛かったか。想像を絶する苦しみの中、咲良は一人きりで死んだんです。仮に犯人が死刑宣告を受けたとしても、実際に死刑が執行されるかどうかは法務大臣の裁量次第。天寿を全うするまで、刑務所の中で生き存《なが》らえるかもしれません。ご存じですか？　死刑囚の食費って、僕らの払う税金で賄《まかな》われるんですよ。そんなの僕には耐えられない。生きられたはずの咲良が死んで、犯人が僕の金で腹を満たして生きていくなんて」

紡がれる言葉と言葉の隙間から、憎しみの音が聞こえてくるようだった。

桜介の復讐心を駆り立てているのは、犯人に対する激しい憎悪。姉を失い、自らの未来さえも失った彼は今、姉を殺した人間を殺すことだけを考えて生きている。

それを『生きている』と表現していいのかどうか、賢志郎にはわからなかった。あるいは硲桜介という人間は、本人の申告どおり、本当に死んでしまっているのかもしれない。

「犯人には」

　再び、桜介が口を開いた。

「咲良の味わった痛みや苦しみを、そっくりそのまま感じてもらわなくてはならない。いいえ、それ以上の恐怖や絶望を与えてやったほうがいいでしょう。一撃であの世へ送ってやるなんて慈悲深い真似はしません。耳を削ぎ、指を一本ずつ切り落とし、足の爪を一枚一枚丁寧に剥がしてやる。あぁ、目をつぶすのは最後がいいですね。自らが傷つき、少しずつ人の形を失っていく様子を、きちんと見届けさせてやらないと」

　くっく、と桜介が喉の奥で低く笑う。賢志郎は息をのんだ。桜介の横顔は、もはや人のものとは思えなかった。

　悪魔だ。

　この人は人間じゃない。地獄の底から這い上がってきた、人の形をした悪魔。誰かの命を粗末にした者に対して怒りと憎しみの鉄槌を喰らわせる、死刑執行の代理人。

　眼鏡の奥の瞳を濁らせ、桜介はひどく歪んだ笑みを賢志郎に向けた。

「きみだって、許せないでしょう?」

「え?」

「なんの罪もない杏由美さんを深く傷つけた人間ですよ?　憎いはずです。簡単に許せるわけがない。特にきみは、大切な幼馴染みの女の子が真っ赤な血を流している姿を目の当たりにしています。つらかったでしょう？　怖かったはずだ。そして今でも、きみはあの公園に立ち寄ると、事件当時の光景がフラッシュバックし、激しい吐き気に襲われてしまう。ＰＴＳＤの典型的な症状だと思われます」

「ＰＴＳＤ？」

「心的外傷後ストレス障害。強烈な恐怖体験が原因で心が傷つき、正常な精神のバランスを保てない状態が長く続いてしまうという、心の病の一種です」

心の、と賢志郎はかすれた声でくり返す。

俺が？

あゆじゃなくて？

俺が、病気？

「いずれにせよ」

桜介は眼鏡を押し上げた。

「それらはすべて犯人のせいじゃないですか。杏由美さんが傷つけられたのも、きみがその事件に囚われ続けていることも。一連の通り魔事件によって変わってしまったのは、被害者の人生だけではないんです。きみの人生だって、事件の日を境に狂ってしまった。違いますか？」

賢志郎は下を向く。なにもかも、桜介の言うとおりだった。

あの事件さえ起きなければ、あゆが声や笑顔を失うことなんてなかった。

あの事件さえ起きなければ、大好きなバスケにためらいなく明け暮れているはずだった。

そうだ。

全部、犯人のせいだ。

憎い。犯人が憎い。

あの日、犯人があゆに襲いかかりさえしなければ。

そうすれば、俺たちは――。

ぴちゃん、と、心に一点の黒い染みがこぼれ落ちる音がした。

救いようのない漆黒が、少しずつ、じわりじわりと、胸の奥で広がっていく。

「ねぇ、賢志郎くん」

その声に、賢志郎はそろりと視線を向ける。運転席で、桜介がいかにも善人という顔をつくって口の端を上げていた。

「きみにもわかるでしょう、僕の気持ちが」

あの公園で賢志郎が言ったセリフを、桜介はそっくりそのまま、賢志郎に突きつけた。自信たっぷりに、否定など許さないという声色で。

今の一言で、賢志郎はむしろ我に返ることができた。

まったく理解できないわけでは決してない。しかし、桜介の気持ちに、全面的に同意することはできない。

首を横に振る。染みの広がりがストップする。

賢志郎は、ずっと下げていた顔を上げた。

「わかんねぇよ」

精いっぱい、はっきりと口を動かした。

「俺だって、犯人のことは憎いよ。一生許せないと思う。けど、それとこれとは話が別だ。どれだけ憎もうが、恨もうが、許せなかろうが、俺たちが犯人を殺していいっていう話にはならない。理由なんていらねぇだろ。それが揺るぎない、正しい答えだ」

どうしても、その一線だけは越えたくなかった。絶対に越えてはならないと思えている自分に、賢志郎は言いようのない安堵感を覚えた。

心に落とされた黒い染みが、少しだけ色を薄くする。

桜介は間違っている。どれだけ犯人が憎くても、犯人が殺されるだけの理由を持っていたとしても、殺してしまえば桜介だって殺人犯だ。

一線を越えた人間と、手前で踏みとどまれる人間との間には、目には見えない、高くて厚い壁が存在する。あちら側とこちら側では、見える世界がまるで違う。

賢志郎の目の前で、桜介が今まさに、その一線を越えようとしている。壁をぶち破ろうとしている。

止めなければ。止めてやりたい。

彼の凶行を止めるのは、大切な人を傷つけられたという同じ苦しみを味わった、自分の役目であるはずだ。

「甘いですね」

賢志郎の決意を鼻であしらい、桜介は冷笑を浮かべた。

「杏由美さんが亡くなっていたら、あるいはきみにも、僕の気持ちが十分に理解できたかもしれません」

鈍い光を宿す桜介の瞳が、今一度賢志郎の双眸をとらえた。

「邪魔はさせませんよ、賢志郎くん。なにがあっても、僕は犯人を殺します」

必ず、と桜介は言った。

どこまでも強く、太く、曲げようのない意志だった。

賢志郎が桜介を止めたいと思う気持ちよりも、ずっと強く、ずっと固い。

賢志郎は歯を食いしばる。桜介の覚悟を前に、脆くも決意が砕け散りそうだった。

俺は本当に、この人を止められるのか？

この人と同じように、犯人を憎んでいる俺に？

この人が犯人をなぶり殺しにする姿を見て、俺はなにを思うだろう。

これでいいと、そう思ってしまうのではないか。

あゆを傷つけ、咲良さんを殺したヤツなんて、苦しみの果てに死んでしまうのが当たり前だと、そう思ってしまうのではないか。

目を合わせていられなかった。額に噴き出した汗が頬を伝い、顎からズボンへと滴《したた》り落ちる。暑いのか、寒いのか、今の賢志郎には判断できなくなっていた。

「そんな顔しないでください」

困ったように、桜介は言った。

「無理をすることなんて少しもないんですよ？　ルールなんて、事情に合わせて変えていけばいいんです」

「変えていいルールと、そうじゃないルールがあるだろ」

「おやおや、ずいぶんと頑固ですね。まだお若いのに」

意外です、と声を立てて小さく笑い、桜介は嫌味なほどのにっこり笑顔を賢志郎に向けた。

「気が変わったら教えてください。とどめは僕が刺しますが、足の爪の一枚くらいなら、きみが剥がしてくれてもいい」

その笑顔を賢志郎は、笑顔だと認めたくなかった。

こんなもの、笑顔でもなんでもない。目が全然笑ってない。

「狂ってる」

狭い車内に、うつむいた賢志郎の低く出した声が響いた。

「狂ってるよ、あんた」

震える心の小さな叫びを、桜介はやはり鼻で笑う。

「なんとでも罵《ののし》っていただいて構いません。僕の人生は、十年前に終わっていますから」

答えた桜介を見ないまま、賢志郎は飛び出すように車を降りた。走り出した車のテールランプが横目に映ったけれど、顔を上げることはできなかった。

しばらくの間、賢志郎は家の前でただじっと立ち尽くしていた。桜介との最後の会話が、耳にこびりついて離れない。

桜介の言葉に惑わされている自分が許せなかった。

人殺しが絶対悪だとわかっているはずなのに、揺れてしまった自分が許せない。

黒い染みがまた少し、心の奥で存在を主張し始めた。じわり、じわりと、黒の面積が広がっていく。

「あゆ……」

制服の胸もとをぎゅっと掴み、賢志郎は小さくその名を口にする。

頬を叩く夜風の冷たさなど、少しも感じることはなかった。

# 第二章　傘、セーラー服、携帯電話

# 1.

目の前で、誰かが椅子にくくりつけられていた。

男とも女ともわからない。肘掛けに両腕を固定され、足は二本揃えて足首をロープで縛られている。同じ白いロープは胴体にも巻きつけられており、首はぐったりと前に垂れ下がっていた。

肘掛けの先から、真っ赤な液体が滴り落ちている。

ぴちゃん。ぴちゃん。こぼれる雫が床を鳴らす。その人の右手には、一本の指も残されていなかった。

「どうぞ、賢志郎くん」

椅子の隣に、別の人間の姿が浮かび上がった。

「お好きなところを。死なない程度に」

聞き覚えのある声。記憶にあるシルエット。

桜介だ。彼がこちらに向かって、赤黒く染まるナイフを差し出してきた。

ゆっくりと歩き出す。桜介との距離が縮まる。

右手を伸ばした。開いて上向けた手の中に、ひんやりと冷たい銀《しろがね》の柄が載せられた。

ためらうことなく握る。重さは少しも感じない。右手の一部になったような感覚だった。

黙って椅子に座るその人に目を向ける。乱れた髪の隙間から、やや尖り気味の耳が見えていた。

一歩ずつ、近づいていく。正面に立ち、その人の左耳にナイフを当てる。

迷いはなかった。勢いよく右手を引けば、耳は血を噴いて削ぎ落とされる。

口角が上がるのを感じた。どうやら、笑っているらしい。

ナイフを握る手に力を込める。

耳の後ろに刃をあてがい、一息に、シャッと手前にそれを引いた。

鮮血が勢いよく飛沫《しぶき》を散らし、視界を真っ赤に染め上げた。


目を剥いて、賢志郎は飛び起きた。

呼吸が乱れる。咳き込んだ。汗が噴き出し、ゾクゾクと悪寒が全身を駆け巡る。

周囲を見回し、あたりの景色を確認した。

自分の部屋。ベッドの上。

桜介も、椅子にくくりつけられた人もいない。

「夢……」

震える右手に目を落とす。なにも握られていなかった。

下半身を掛け布団に覆われたまま、膝をかかえ、大きく一つ息を吐き出す。

なんていう夢だ。賢志郎は右手で目もとを覆った。

完全に、昨日の桜介の話を引きずっていた。椅子にくくられていたのはおそらく、杏由美や咲良を襲った犯人なのだろう。

胸が苦しい。吸っても吸っても、肺に酸素が供給されない。

恐ろしかった。夢の中の話であるとはいえ、捕らえた犯人を痛めつけることに対して、少しの迷いもいだかなかった自分が。

「……そういうことなのかよ」

やれるのか、俺にも。

いざとなったら、犯人を目の前にしたら、迷わず刃《やいば》を向けられるのか。

だったら俺も、結局あの人と同じじゃってことじゃねぇか――。

くそ、と吐き捨てた声がかすれた。喉が猛烈に痛かった。

鼻が詰まっている。息苦しさの原因の一端はそれだった。いよいよ本格的に風邪をひいてしまったようだ。賢志郎はうなだれた。

右手で額に触れてみる。熱っぽさはまだない。

昨日の晩から少しからだが重いなと感じ始めていたものの、疲れているだけだ、大丈夫だろうと遅くまで調べ物をしてしまったのが運の尽きだった。気づかないうちに湯冷めしていたらしい。

桜介から聞かされた五年前に瀬鞠川で起きた女子高生殺人事件について、どうしても調べておきたかったのだ。杏由美の事件を解決に導くためのヒントがどこかに隠されているかもしれない。そう思ったら、じっとしていられなかった。

二階の自室から階下へ向かい、母に朝の挨拶をすると、「やだ、鼻声じゃない」と驚かれた。

朝食とともに市販の風邪薬を提供され、出かける前には使い捨ての不織布マスクと昼食時に飲む分の薬、それからポケットティッシュを五つ手渡された。検温したがやはり熱はなく、しかし食欲は皆無だった。一口だけすすった味噌汁は、さっぱり味がわからなかった。

杏由美の所属するバレー部の朝練がない日に限り、賢志郎は杏由美とともに登校する。まだ賢志郎がバスケ部の練習に出ていた時も同じルールで、家を出る時間が重なる日は、二人で自転車を走らせるのが日常だった。

マスクをつけて、家を出る。九月の終わりとは思えないほど冷え込んだ朝だった。

自転車を引き、三船家のインターホンを押すと同時にくしゃみが出た。息苦しさが増すばかりなので本当はマスクなんてはずしてしまいたいところだったが、杏由美に風邪をうつすわけにもいかない。我慢するかぁ、と腹をくったところで、三船家の扉が開かれた。

杏由美が家の中から出てきた瞬間、昨日の桜介の言葉が蘇った。

——僕はどうしても、犯人を殺したい。

体調不良とは別のところで、背筋に冷たいものを感じた。

——五ヶ所も刺されたんですよ、咲良は。

三ヶ月前、あの公園で血まみれになった杏由美の姿が脳裏を過《よぎ》る。軽く眩暈を起こし、吐き気を覚えた。

一瞬ふらりとからだを揺らした賢志郎だったが、駆け寄ってきた杏由美の青い顔を見て、冷静さを取り戻した。

つらいのは俺じゃない、あゆだ。俺がしっかりしなくてどうする。

気持ちを切り替え、「おはよ」と軽く右手を上げて挨拶をしたら、杏由美は泣きそうな目をして賢志郎の額に左手を伸ばした。

「大丈夫だよ、熱はなかったから」

答えたら咳が出た。額に触れた杏由美の手が冷たくて気持ちよかった。瞳を潤ませる杏由美に気づかなかったフリをして、賢志郎は自転車に跨がった。

二人のかよう左座名西高校まで、自転車で二十分弱。杏由美が前を行き、賢志郎が後ろからついていくのが、二人のいつもの走り方だ。

信号で停まれば横に並び、昨日見たテレビの話や高校での出来事などを話題に言葉を交わす。今は杏由美が声を失ってしまったため、賢志郎が会話の主導権を握らざるを得ないのだが、今日の賢志郎は体調不良ということもあり、ほとんど話をしないまま自転車を走らせた。

頭の中で、ずっと桜介のことを考えていた。

最愛の姉を失い、犯人に復讐することだけを心の支えに生きている桜介。彼と出会い、犯人につながるいくつかの情報は得られたものの、それ以上に賢志郎は、彼と自分の行く末に大きな不安を感じていた。

あの人は本当に、犯人を殺してしまうのだろうか。

今朝見た夢のように、犯人が見つかったら、自分も冷静じゃいられなくなってしまうのだろうか。

寒気が加速した。嫌な想像ばかりが膨らむ。

もしもあゆが、咲良さんのように殺されてしまっていたら。

その時は俺も、あの人と同じように――。

最後の信号で停まった時には、頭が痛くてたまらなかった。右隣から視線を感じたが、振り向くのが怖かった。

思っていた以上にからだが重く、大きな起伏のない比較的平坦な道が続く通学路だというのに、校門をくぐる頃には汗が頬を伝っていた。

のろのろとした動きで自転車を停めている間に、ポケットのスマートフォンが音を鳴らした。

〈本当に大丈夫?〉

顔を上げると、ピンク色のスマートフォンを握りしめた杏由美が、心配そうに瞳を揺らしていた。賢志郎は精いっぱい目つきを和らげてみせた。

「言ったろ、たいしたことないって。おまえは昔から心配性すぎるんだよ」

つん、と杏由美の額を指でつついてやる。彼女に触れた感触がちゃんと返ってきて、安堵した。

大丈夫。あゆは、生きてる。

強く自分に言い聞かせる。そうしていないと、桜介の言葉に流されてしまいそうだった。

はにかみながら杏由美は、乱れた前髪をそそくさと直している。賢志郎はマスクの中で微笑んだ。

なにか言い返してきてくれたらなぁと、いまだ叶うことのない彼女との会話を思い、胸が痛んだ。

杏由美と別れて教室に入ると、夕梨がすでに登校していた。一つ後ろの席に賢志郎が近づく気配を鋭敏に察知した夕梨は、振り返るなり「ありゃま、すっかり風邪っぴきじゃん」と苦笑した。

「喉いてぇ」

自らの席に腰を落ち着けながら、賢志郎は重苦しく咳をした。薬を飲んできたはずなのに、症状は悪化の一途をたどっていた。

「うわ、めっちゃ鼻声」

夕梨がしかめた顔で賢志郎を覗き込む。

「だいじょぶ？　熱は？」

「今んとこない」

そう、と夕梨は言い、「無理が祟《たた》ったね」と肩をすくめた。

「別に無理なんてしてねぇよ。ほっときゃそのうち治るし」

咳き込みながら言ったところでなんの説得力もなかったが、病は気からという言葉もある。大丈夫だと心の中で言い聞かせ、賢志郎はリュックの中から教科書やらペンケースやらを取り出し始めた。

夕梨が意味ありげな顔をして、賢志郎の机に右肘を乗せながら言った。

「バスケでもすれば治るんじゃない？」

は？　と賢志郎は一瞬夕梨を睨んだが、彼女の言葉の真意にはすぐに察しがついた。

「貴義か」

夕梨がぺろりと舌を出す。くそ、と賢志郎は夕梨に聞こえないくらいの声で悪態をついた。

貴義と夕梨は、一年生の夏から付き合っている恋人同士だ。貴義が賢志郎の部活復帰を強く望んでいることを知っている夕梨は、こうして事あるごとに、賢志郎をバスケ部へいざなおうと試みていた。

「ねぇ、川畑」

「ん」

「体調不良の時にバスケするってのは冗談だとしてもさ、マジでそろそろ復帰してもいいんじゃないの？」

夕梨が真剣な目をして言う。賢志郎は視線を逸らした。

「あたしわかるもん、貴義の気持ち。試合に勝ちたいのはもちろんだろうけど、それだけじゃなくてさ。川畑がいるのといないのとじゃ、部の雰囲気が全然違うんだって」

「変わんねぇだろ、たいして」

「そんなことない。あんたが気づいてないだけ。川畑、あんたはバスケ部に必要な人間だよ」

目つきだけでなく、紡がれた言葉も真剣だった。そんな表情で見つめられては、ますます顔が上げられない。

わかっていた。貴義や他の部員たちが自分に寄せる信頼が、どれほど大きなものなのかは。

行かなきゃ、と何度も思った。バスケをやりたい気持ちだって、十分すぎるほどある。

だが、どうしても足が向かない。三ヶ月前のあの日から。

杏由美の事件の真相を追っているというのは建前だ。別に部活をやりながらだって犯人捜しはできる。それでも賢志郎は、バスケ部の活動に復帰できない。

自分の意思とは無関係のところで、賢志郎は見えない誰かに背中を掴まれたままなのだ。

行ってはダメだ、と小さな声でささやかれ、そのたびに、前に進む力を奪われている。

三ヶ月前のあの日から、ずっと。

「あたしだって、本当はさ」

夕梨が再び口を開く。胸のあたりまで伸ばされた黒髪の先をそっとなでる。

「あゆにはマネージャーじゃなくて、プレイヤーとして復帰してほしいと思ってるんだよ」

杏由美の名前が出て、賢志郎はようやく顔を上げて夕梨を見た。

夕梨の表情がかすかに曇る。あの事件のことを思い出しているのだろう。まったく非などないというのに、夕梨もあの日の自分の行動を悔やんでいる一人である。

「それはチームのために、って意味か」

「もちろん、それもある。レフティーが一人いるだけで、なんか強そうに見えるじゃん？」

賢志郎は鼻で笑った。確かに、左利きのスポーツ選手は競技によっては重宝されることがある。特にバレーボールでは、杏由美のような左利きのアタッカーを一人かかえているだけで、攻撃の幅がぐっと広がり、相手に対してより大きく、精神的な揺さぶりをかけることができるのだ。

「けど、そういう理由だけじゃないよ。あたしはねぇ、あゆが本当は、自分もバレーをやりたい、コートに立ちたいって思ってるのがわかるの。目に見えてわかる。でもあゆは、その気持ちを抑え込んじゃってるんだよ。あんたのせいで」

「は？　俺のせい？」

「そうだよ」

「あゆが言ったのか、俺のせいだって」

「言わないよ。言うわけない！　ちょっと考えればわかることでしょ。あゆはあんたに遠慮してるんだって」

賢志郎は言葉に詰まった。

バカな。意味がわからない。あゆが俺に遠慮してるって？

あからさまに動揺している賢志郎に、夕梨はあきれたような顔をした。

「あんたがいつまでも部活に復帰しないから、あゆはコートに立とうとしないの。声なんて出せなくても、練習には参加できる。でもあゆは絶対に参加しようとしない。どうしてかわかる？　あんたには我慢をさせて、自分だけが好きなスポーツを楽しむなんてできないって思ってるってこと！」

賢志郎は歯噛みした。

夕梨は怒っていた。次々と撃ち込まれる言葉の弾丸が、賢志郎の心を抉《えぐ》る。

まさかあいつが、そんな気持ちをかかえているなんて。これまで少しも気づかなかった。

今にして思えば、気づくタイミングはあったかもしれない。

夏休みの間、杏由美は何度も賢志郎に〈部活へ行って〉と進言していた。杏由美の本心は賢志郎を部活復帰させることではなく、自らが部活に復帰したかったのかもしれないのだ。

当時から今日まで、賢志郎は頑《かたく》なに部活復帰を拒否している。口では「おまえのそばにいたいから」と言っていたけれど、本当は、行きたくても行けないのだ。

その理由は、杏由美にすら話していない。杏由美だから、言えない。

ちくしょう。なんでだよ。

また俺は知らないところで、あゆを悲しませちまってたってことか。

どう動いてもうまくいかない。

いったい俺は、どうすればいい？

「お願い、川畑」

頭をかかえる賢志郎に、夕梨は言った。

「貴義のことは放っておいていい。あゆのためだと思って、前向きに検討してほしいの」

賢志郎は答えない。胸が苦しくてたまらなかった。

事件が起きてからずっと、賢志郎は杏由美のためを思って動いてきたつもりだった。

けれどそれが、むしろ彼女を苦しめる結果につながっていた？

信じたくなかった。くしゃりと髪をかき上げる。

いったいどこから、道を間違えてしまっているのか。

なんで俺が。

どうして俺が、こんな目に。

そんな後ろ向きな言葉ばかりが心の隅に巣くっている。

こんなこと、さっさと終わらせてしまいたかった。あるいは三ヶ月前に戻って、あの日をもう一度やり直したい。

あの日、雨が降っていなければ。

いや、雨が降っていたとしても。

もっと速く、もう少し一生懸命走って、杏由美と同じ電車に乗る。

それだけでいい。たったそれだけのことで、大切な人を守ることができる。

そうやって後悔するたびに、頭の片隅で、犯人を憎み、あの日の出来事を恨んでいる自分に出会う。

桜介の気持ちが、今ならわかる。

もしも今、目の前に犯人が現れたら、素直に警察へ突き出すことなど到底できはしないだろう。

夢の中の、行き過ぎた妄想では終わらない。迷うことなく、犯人に刃《やいば》を向けられる。

死ねばいい。

三人も傷つけたヤツなんだ。死んで当然。殺されたって文句を言える立場じゃない。

そうだ。おまえさえいなければ。

おまえさえいなければ、あゆは――。

夕梨の声に、賢志郎は我に返った。

「川畑」

「大丈夫?」

心配そうに覗き込まれる。「あぁ」と賢志郎は短く夕梨に答えた。

数秒前の自分の思考に身震いした。

また、桜介に流されている。

殺しちゃダメだ、殺しちゃダメだと何度も言い聞かせているはずなのに、いつの間にか押し戻されて、桜介の手を取ろうとしてしまう自分とぶつかる。

咳が出た。頭痛と寒気がどんどんひどくなっていく。

言葉を交わす気力を失い、賢志郎はそれきり口を閉ざした。

始業のチャイムが鳴り、夕梨も黙って賢志郎に背を向けた。

みるみるうちに体調が悪化し、一時間目を終える頃には早退しようかという気になるほどの倦怠感に襲われていた。

そんな賢志郎の思いを蹴散らす一通のメールが届いたのは、二時間目が始まる直前だった。

## 2.

スマートフォンを握ったまま机の上に突っ伏していた賢志郎は、震えたそれに反応して、重い頭を無理やりもたげた。振動の原因はメッセージアプリではなく、電話番号でやりとりするショートメールだった。

〈瀧沢《たきざわ》さんのお母様と連絡が取れました。今日の午後四時で約束していただけましたので、学校まで迎えに行きますね！　野々崎《ののさき》〉

送り主は、杏由美の事件が起きた時に知り合った、野々崎増美《ますみ》という地方紙を発行する新聞社の記者だった。昨夜、賢志郎は彼女に一つ頼みごとをしていたのだ。

〈ありがとうございます。学校は三時二十分頃に終わるので、よろしくお願いします〉

短く返信し終えると、ちょうど二時間目の授業開始を告げるチャイムが鳴った。世界史の教科書を準備しながら、賢志郎は心の中で「よし」とつぶやく。

瀧沢というのは、五年前に瀬鞠川で起きた殺人事件の被害者の名だ。

瀧沢ゆかり。殺害された当時、高校に入学してまだ二ヶ月しか経っていない、十五歳という若さだった。

事件が発覚したのは深夜だった。中学生の頃からかよっている塾へ出かけたきり、いつまで経っても帰宅しない娘を、両親が警察の協力を得ながら捜索したところ、自宅から三〇〇メートルほど離れたところにある茂みの中で、腹部を刺された状態で倒れているところを発見したのだという。遺体が見つかったのは、いつも塾の行き来で通る道沿いだった。

ここまでは昨夜、賢志郎が自力で調べた情報だ。以下はその後、野々崎から電話で教えてもらった内容である。

部活を終えて一旦帰宅し、軽く食事を取ってから制服のまま出かけたという瀧沢ゆかりは、硲咲良、三船杏由美と同様に、所持品の中で唯一、身につけていたセーラー服のリボンだけが現場から消えてなくなっていた。

いつもどおり授業に出席し、きちんとリボンを結んだ状態で帰宅したという塾関係者の証言から、捜査本部は犯人がリボンを持ち去ったものとみてまず間違いないと結論づけた。当時の捜査員の中に、過去に起きた類似事件について進言した者がおり

――桜介のことだ――、二つの事件が同一犯によるものとして捜査を進めたものの、

有力な目撃証言が挙がらず、捜査は瞬く間に暗礁に乗り上げてしまったとのことだった。なお、警察の捜査情報に関しては、捜査の妨げになるとして広く報道規制が敷かれ、マスコミ各社はリボンの件についての情報を握ってはいたものの、記事にすることを許されない状態だったそうだ。

ひととおり情報を聞き出すと、賢志郎はダメもとで「瀧沢ゆかりの家族と連絡を取りたい」と野々崎に頼んでみた。野々崎はあっさり承諾し、今日の午後、本当に訪問の約束を取りつけてくれたのだった。「少しでも進展するといいわね」と、どこまでも優しく賢志郎を気づかう姿勢を崩さなかった野々崎に、賢志郎は丁寧に礼を述べるとともに、フットワークの軽い記者と知り合えた天恵にも感謝した。

その他にも賢志郎は、夜遅くまでネット上で瀧沢ゆかり殺害事件についてできる限りの情報をかき集めた。杏由美の事件についての書き込みがされていた匿名掲示板に、瀧沢ゆかりの事件についてのスレッドが立てられているのを見つけ、読み耽《ふけ》っていたらいつの間にか日付が変わっていた。

杏由美の事件と同じく、瀧沢ゆかりの事件についても、有力視すべき情報は書き込まれていなかった。

一つ気になったことといえば、瀧沢ゆかりは当時付き合っていた彼氏との関係に悩んでおり、事件当日も塾帰りに彼氏と電話で喧嘩しながら夜道を歩いていたらしいということだ。

襲われた時にはすでに電話は切れていて、事件のことを知った彼氏は「ゆかりが家に着くまで電話し続けていれば」とたいそうな落ち込みようだったという。おそらくは些細なすれ違いが原因の痴話喧嘩だったのだろうが、和解しないまま永遠の別れとなってしまったのだ。彼氏の心情は察して余りある。賢志郎は書き込みの内容に自分のことを重ね、いたたまれない気持ちになった。

それはさておき、気になったのは二人の喧嘩についてではない。『歩きながら電話をしていた』という点だ。

杏由美の事件の時も、杏由美は襲われる直前まで夕梨とメッセージのやりとりをしていた。言い換えれば、スマートフォンを片手に歩いていたということだ。

この状況は、瀧沢ゆかりが襲われた時と酷似している。彼女もまた、スマートフォンを操作しながら夜道を歩いていた。

偶然の一致なのだろうか。犯人は故意に、スマートフォンを使いながら歩いている女子高生を狙って事件を起こしている？

犯人の意図がまるでわからない。一度情報を整理してみようと、賢志郎はシャーペンを握り、世界史のノートの片隅にメモ書きを始めた。

十年前の硲咲良殺害事件では、咲良は夕方――具体的な時刻を聞きそびれてしまったことを今になって後悔した――、父を見舞うために病院を訪れようとしたところを襲われている。この点は杏由美の事件も同様で、杏由美も夕刻、具体的には午後六時四十分頃、学校帰り、襲われた。

一方、瀧沢ゆかりは夜遅く、塾からの帰宅途上で被害に遭っている。犯行時刻はおそらく、午後九時から十時前後だろう。

三つの事件のうち、瀧沢ゆかり殺しだけが時間帯を異にしている。犯行現場も二件目だけが瀬鞠川市内であり、場所と時間に関しては、犯人の行動に一貫性を感じない。ただし、事件が発生した時の状況にはいくつか共通することがある。

杏由美と瀧沢ゆかりは、襲われる直前にスマートフォンを操作していた。硲咲良についても桜介に確認を取ってみる必要があるだろう。咲良も杏由美たちと同じようにスマートフォンを操作していたことがわかれば、犯人の狙いは『スマホを操作しながら歩いている、セーラー服姿の女子高生』というところまで絞り込んでよさそうだ。なぜそのような人物をターゲットにするのかについては、さっぱり理解不能であるけれど。

ノートの上にシャーペンを置き、ブレザーの右ポケットに手を突っ込む。そこにはまだ、桜介からもらった名刺が入れっぱなしになっていた。

昨晩、瀧沢ゆかり殺害事件について調べるにあたり、賢志郎は一度、桜介に電話をかけようとした。わざわざ自分で調べずとも、当時捜査に当たっていたという桜介から聞き出せば話は早い。

だが、昨日の夜はどうしてもこの名刺に手が伸びなかった。無意識のうちに、桜介のことを避けていた。

あの人と一緒にいると、決して外に出してはならない負の感情が一気に芽吹いてしまいそうで怖かった。

昨日心に落とされた黒い染みが、赤く燃え上がる復讐の炎へと変わってしまいそうで、怖い。

賢志郎の中に眠る、犯人を憎む感情。桜介の冷たい目は、それをピンポイントで射貫いてくる。

捜査が進み、刻々と状況が変化していく中で、少しずつ、少しずつ、賢志郎は彼の復讐に燃える心を理解し始めていた。その事実からも目を逸らしていたかった。

だから賢志郎は野々崎を頼った。彼女は桜介のような黒いオーラをまとっていないし、事件発生当時から、純粋に事件の真相に興味があるような雰囲気だった。彼女の前でならきっと、冷静に事件を追うことができる。そう信じて、賢志郎は昨夜、野々崎に電話をかけたのだった。

しかし、そうやって逃げてばかりもいられない。事件解決のためには、桜介の優れた頭脳が不可欠だ。

　わかっている。でも、会いたくなかった。

　声だって聞きたくなかったけれど、確かめないわけにはいかない。十年前の事件当時、咲良がスマートフォン——あるいは折りたたみ式の携帯電話だったかもしれない——を片手に、父親の入院していた左座名市民病院に向かっていたかどうか。

　もしそうであったとするなら、また一つ、犯人の狙いを明らかにする手がかりが増えることになる。そして桜介なら、犯人の意図に気づくことができるかもしれない。

　授業が終わり、休み時間になると、賢志郎は教室を出て人の少ない渡り廊下へと移動した。壁にもたれかかり、ポケットから名刺とスマートフォンを取り出すと、ためらいながら裏面に書かれた番号をタップし、桜介の個人用携帯宛てに電話をかけた。

　四コールののち、電話越しに桜介の声が聞こえてきた。

『はい、硲です』

「あ、えっと……川畑ですけど」

　マスクを顎のほうへと引き下げ、やや緊張気味に名乗ると、『やぁ、賢志郎くんですか』と桜介は声のトーンを上げた。

『こんにちは。昨日はどうも』

「こちらこそ、どうも」

痰が絡んで咳き込むと、『大丈夫ですか』と返ってくる。

『やっぱり風邪、悪化させちゃいましたね』

「大丈夫です。たいしたことないんで」

『本当ですか？　どうぞお大事になさってくださいね』

ありがとうございます、と賢志郎は答えた。まだ緊張しているのか、心拍数が上がっていた。

『それで？』

桜介は、柔らかなテノールボイスをやや低くした。

『どうされました？　さっそく気が変わりましたか？』

背筋に冷たい感覚が走る。桜介の歪んだ笑みが、まぶたの裏に蘇った。

「その話じゃない」

必死に紡ぎ出した声は、驚くほど震えていた。情けなくて、スマートフォンを握る手に力が入る。

『そうですか』

桜介の口調は淡白だった。

『どうぞ遠慮なく、いつでもおっしゃってくださいね。きみの気持ちを満足させるお手伝いができれば、僕も嬉しい』

「黙れ！」

賢志郎は声を張り上げる。今できる最大限の抵抗だった。遠くで何人かの女子生徒が賢志郎に冷ややかな視線を向けていたが、賢志郎がそれに気づくことはなかった。

「咲良さんの事件のことで、あんたに訊きたいことがあって」

呼吸を整え、声を落として本題を告げると、桜介は『はい、伺いましょう』と丁寧に返事をした。

「事件当時、お姉さんは駅から歩いて病院に向かっていたんですよね？」

『ええ、そうです』

「その時、手に携帯を持っていたかどうかなんてこと、わかったりします？」

『携帯ですか？』

桜介は訝しむような声で言った。

『目撃情報がないので具体的なことはお答えできかねますが、可能性の話でよければ』

「もちろん。それで？」

『結論から言うと、十分考えられると思います。姉は駅に到着したことを父に伝えるため、自分の携帯で父宛てにメールを送っていました。歩きながら文字を打ち込んだとすれば、その様子を犯人が見ていた可能性は大いにあります』

やっぱりそうか、と賢志郎は確信を持ってつぶやいた。やはり犯人は、セーラー服を着ていて、かつ、携帯電話を使いながら歩いている女子高生を狙って事件を起こしているようだ。

『そういえば杏由美さんも、スマホでメッセージをやりとりしている最中に襲われたんでしたね』

「はい。それに、五年前に亡くなった瀧沢ゆかりさんも、襲われる直前、当時付き合っていた彼氏と電話しながら歩いていたって」

『へぇ』

桜介が興味深そうにつぶやいた。

『調べたんですか、五年前の事件について』

「まぁ、それなりに。あゆの事件と同一犯らしいって話だったんで」

『まったく……。末恐ろしい子ですね、きみは』

「はい？」

『きみほど行動力にあふれた子にはなかなかお目にかかれません。どんな大人になるのか、将来が楽しみですよ』

本当に楽しそうな声が聞こえてきて、電話の向こうで桜介が笑っている様子が目に浮かんだ。相変わらず、褒められているのかどうか微妙なラインだ。

『しかしきみは、やはりいい着眼点をお持ちのようですね』

「え？」

『犯人はセーラー服という衣装に加えて、携帯電話を片手に歩いている女子高生に的を絞っている、というわけですか。携帯そのものに執着しているのか、あるいは単なる目印にしているのかはわかりませんが、やはり犯人はなんらかのこだわりを持って動いているようですね。被害者たちの携帯電話やその周辺事情について、もう少し詳しく調べてみます。被害者同士に接点が出てくる可能性もある』

「はい、よろしくお願いします」

『なにかわかったらご連絡します。きみはゆっくり体調を整えてください』

あまり無茶をしないように、と釘を刺され、賢志郎は曖昧に返事をして桜介との通話を終えた。想像以上に緊張していたようで、肩の力が抜けるのが自分でもわかった。

マスクをつけ直して教室への道を戻り始めたところで、ちょうどトイレから出てきた貴義と鉢合わせた。

「なんだよ、風邪か？」

「たいしたことない」

それだけ言ってやり過ごそうと思ったが、賢志郎はふと足を止めた。

「貴義」

「ん？」

朝、夕梨と交わした会話を思い出した。

あゆのためにも、俺は部活に戻るべきなのだろうか――。

しかし、いざ部活に復帰しようと思ったら、今の賢志郎には乗り越えなければならない壁がある。そのことについて、少なくともキャプテンである貴義には伝えておく必要があった。

杏由美にすら伝えられていない、部活に対する、本当の想いを。

「なんだよ。もう授業始まっちまうぞ」

貴義に急《せ》かされ、賢志郎は意を決して口を開いた。

「ちょっと話したいことあんだけど。部活のことで」

貴義はかすかに眉を動かした。

「放課後、時間つくるか？」

「いや、明日でいい。今日は予定あるから」

わかった、と貴義は答えた。話がまとまり、会話はそこで終わりだった。

だが賢志郎は教室に戻ることなく、黙ってその場に立ち尽くしていた。迷っていたのだ。もう一言だけ、貴義と言葉を交わすべきかどうか。

貴義が一歩、賢志郎に近づく。

「なぁ、本当に大丈夫か？　調子悪いなら保健室に……」

「貴義」

気づかってくれた貴義の言葉を遮り、賢志郎は問いかけた。

「おまえ、人を殺したいと思ったこと、あるか」

貴義が、まとう空気の色を変えた。

二つの視線が交錯する。沈黙が降り、切り取られた二人の世界を静寂が包む。

貴義はなにも言わなかった。黙って賢志郎に背を向け、自らの教室に向かって歩き出す。

「貴義！」

「そんな質問」

背中にかけられた賢志郎の声に、貴義はゆっくりと振り返った。

「答える価値もねぇよ」

どこまでも冷ややかな声と、蔑《さげす》むような鋭い視線が、まっすぐ賢志郎に突き刺さる。

チャイムが鳴った。貴義は駆け足で教室に戻っていく。

遠ざかる背中を見つめたまま、賢志郎はしばらく、その場に凍りついていた。

3.

新聞記者、野々崎増美の車は、白いフィアットのコンパクトカーだ。小柄でちょこまかと走り回る彼女にとてもよく似合っていると、賢志郎ははじめて彼女に出会った時から思っていた。

三十五歳、結婚歴なし。稼いだお金はすべて自分のために使い、死ぬまで自由気ままな人生を送る。それが彼女の選んだ生き方だそうだ。

放課後。来客用駐車スペースに停まっていた野々崎の車を見つけ、賢志郎は運転席に向かって軽く頭を下げながら小走りで近づいた。

「あら、風邪？　大丈夫？」

乗り込むなり、野々崎は後ろで一つにまとめた茶髪を揺らしながら、心配そうにマスク姿の賢志郎を覗き込んだ。「大丈夫です」と賢志郎が短く答えると、野々崎はさっそく車を走らせた。

瀬鞠川市内にある瀧沢ゆかりの自宅まで、高速を使っておよそ三十分。走り出してすぐの頃は事件の話から世間話までさまざまな会話を淀みなくつなぎ、二人は互いにほとんど沈黙することなくドライブしていた。これから初対面の人に、それも被害者遺族に突然会いに行くということでやや緊張していた賢志郎だったが、野々崎が取材中に犬に噛まれた話などで笑わせてくれたおかげで、いい具合に緊張をほぐすことができた。

カーオーディオはなんの音も鳴らしていない。時折聞こえてくるのは、ナビによる機械的な音声指示だけだった。

野々崎が高速道路を快調に飛ばし、十五分ほどが経った頃。

会話が途切れ、賢志郎は黙って左側の窓の外を流れゆく景色に目を向けた。

「野々崎さん」

「うん」

少し迷って、賢志郎は野々崎に問うた。

「野々崎さんは、人を殺したいと思ったことがありますか」

野々崎の顔から表情が消える。声を抑えて、彼女は賢志郎の質問に質問で返した。

「それは単純な殺人衝動の話？　それとも、犯人への復讐の話？」

責める風でもなく、野々崎は落ち着いた口調で賢志郎に尋ねた。訊き方を誤ったことを悟り、賢志郎は質問の仕方を変えた。

「もし、野々崎さんの大切な人が殺されたとして、その犯人がわかったら、野々崎さんはそいつを殺したいと思いますか」

野々崎はかすかに目を細めるだけで、すぐには答えを口にしなかった。

黙ってハンドルを握る野々崎を、賢志郎も唇を結んだまま見つめる。その横顔を見る限り、彼女の答えはとうに出ているような雰囲気だ。賢志郎に対してどう答えるべきか、彼女が悩んでいるのはその点らしい。

「ねぇ、川畑くん」

「はい」

「復讐の、その先にあるものって、なにかわかる？」

「復讐の先？」

賢志郎は頭を捻る。まずもって、質問の意味を正しく理解できているのか、そこから少々自信がない。

答えられずにいる賢志郎に、野々崎は静かに口を開いた。

「復讐よ」

「え？」

「復讐の先にあるものは、復讐。ただそれだけなのよ」

真に迫る野々崎の横顔に、賢志郎はなにも言えなかった。野々崎はゆっくりと語り出す。

「誰かが誰かに復讐をすれば、また別の誰かの心に新たな復讐の火が灯る。どこかで誰かが踏みとどまらない限り、復讐は永遠に連鎖してしまう。やられたらやり返す、そんなことをいつまでもくり返していたって、なんの解決にもならないのに」

ハンドルを握り直し、野々崎は強い意志の宿った声で言った。

「無意味なのよ、復讐なんて。傷つく人が増えるだけだもの。復讐する人も、される人も、みんな心に傷を負う。復讐が生み出すものは、使命感の充足でも、故人の恨みを晴らしてやったという満足感でもない。新たな復讐の火種だけなんだから」

それは野々崎が、記者として走り続けた人生の中で見いだした、実際に目にしてきた答え。否定のしようもない、絶対的な正論だった。

「といっても、これはあくまで一般的な解釈ではこう、という話」

そう言って、野々崎は困ったように肩をすくめた。

「実際のところ、私がいざ自分の大切な人を殺されたらどう思うかっていうのは、正直よくわからないな。復讐が悪だと頭ではわかっていても、もし自分が復讐する側の立場に立たされたら、きちんと自制心を働かせられる自信はないかもしれない」

「犯人を目の前にしたら、殺してしまうかもしれないってことですか」

「可能性はゼロじゃないでしょうね。一度気持ちが傾いてしまったら、自分の力で立て直すことはかなり難しいと思う。そばにいる誰かが私の手を強く引いてくれたなら、あるいは踏みとどまることができるかもしれないわね」

「そばにいる、誰か」

桜介のことが頭を過る。

あの人の手を引いてやれる誰かが、あの人のそばにはいるのだろうか。

「川畑くん」

野々崎に呼ばれ、賢志郎は彼女を見る。ちらりとだけ、彼女は賢志郎に目を向けた。

「きみは、誰かに止めてほしいの？　それとも、誰かのことを止めたいの？」

気づかいにあふれた問いかけだと、賢志郎は野々崎の優しさを改めて実感した。だからこそ、彼女の質問に真正面から答えることができなかった。

止めたい。桜介のことを。

だが、どう止めればいいのか。現に一度失敗している。そして今では自分のほうこそ、誰かに止めてもらわなくてはならない存在になりかけていた。

心の奥、深い場所で、小さく灯った火がたゆたう。

その赤い火を、誰かに吹き消してほしかった。自分ではもう、消し方がわからない。

車が料金所のゲートをくぐる。目的地である瀧沢ゆかりの自宅マンションは、インターから五分とかからない場所にあった。

十二階建ての、オートロック式分譲マンションだった。

午後四時。野々崎がエントランスで九〇四号室を呼び出すと、少しも待たされることなく通され、二人は瀧沢ゆかりの母、瀧沢一葉《かずは》に部屋へと招き入れられた。

「まぁ、そうだったんですね」

マスクをはずした賢志郎が、自らの身の上と、杏由美の事件で第一発見者になったことについて簡単に説明すると、一葉は二人分のお茶を運んできたお盆をテーブルの脇に置き、驚いた顔をしながら腰を落ち着けた。

「大変でしたね。つらかったでしょう」

まぁ、と賢志郎は曖昧に返事をした。つらいことには違いないのだが、なにをつらいと感じているのか、今の賢志郎にはうまく理解できていなかった。

「ゆかりの事件について、お訊きになりたいということですよね」

一葉のほうから話題を振られ、賢志郎はちらりと右隣に座る野々崎を見やる。彼女に「きみにすべて任せます」といった風で見つめ返され、賢志郎は咳払いを一つ入れてから話し始めた。

「事件の経緯についてはだいたい聞きました。塾帰りに、襲われたんですよね」

「ええ。警察の方のお話では、午後十時頃のことだそうです」

「塾のある日は、いつも十時を回ってから帰ってきていたんですか？」

「日によってバラバラです。授業は九時半までですから、まっすぐ帰ってくれば十時を回ってしまうことはないのですが、友達とおしゃべりしていたり、先生に質問していたりすると、遅くなることもあります」

そうですか、と賢志郎はうなずいた。

「家から塾まではどのくらいの距離なんですか?」

「自転車で五分、徒歩だと十五分はかかると思います」

「帰り道は、いつも同じ?」

「そのはずです。中学生の頃から、夜は必ず広い道を通るようにと言って聞かせてきましたから。といっても、住宅地に入れば自然と道は狭くなりますし、外灯もそう多くありません。特にあの日は雨が降っていたので、いつも以上に暗い夜でした。襲われた時は、すごく怖かったと思います」

「雨?」

賢志郎は眉をひそめた。

「ゆかりさんは、雨の中襲われたんですか?」

「えぇ。ちょうど梅雨の時期でね、あの日から五日連続で雨でした」

通夜も告別式も雨だったんですよ、と一葉はさりげなく目もとに手をやった。

同じだ。

杏由美の事件の時も、雨だった。

片手には雨傘を差し、片手にはスマートフォンを握り、セーラー服姿で歩いていたところを襲われた杏由美。場所と時間帯こそ違うが、瀧沢ゆかりもおよそ同じ条件下で被害に遭ったようだ。

傘。セーラー服。携帯電話。

理由は不明にせよ、犯人がターゲットにしている女子高生について、また少し幅が狭まった。一人めの被害者、硲咲良については、桜介に訊けば事件当日の天候を確認できるだろう。

「あの、瀧沢さん」

「はい」

「ゆかりさんの携帯電話についてなんですけど」

「携帯電話?」

「はい。ゆかりさんは、スマホユーザーでしたか?」

「ええ、そうです。中学に上がった頃から持たせていました」

「ネットもよく使ってました?」

「さぁ、どうでしょうね。課金、って言うんですか?　アプリなんかで代金の発生するものについてはうるさく言ってきましたけど、純粋なネットサーフィンに関してはまったく干渉しませんでしたから。人並みには使っていたと思いますよ」

「じゃあ、出会い系サイトみたいな危ないものを閲覧していた、なんてことは？」

「それはなかったようですね。警察の方に調べていただきましたけど、ツイッターやなんかで知り合った人との付き合いも、オンライン上だけだったみたいで」

「変な人に絡まれたとか、そういう話を聞いたことも？」

「わたしの覚えている限りでは、そのようなことはありませんでした。ゆかりが怒ったり愚痴をこぼしたりするのは、たいてい翔吾《しょうご》くんのことでしたから」

「翔吾くん？」

「ゆかりと付き合っていた男の子のことです」

あぁ、と賢志郎は思い出したといった風に相づちを打った。瀧沢ゆかりは襲われる直前まで彼氏と電話をしながら歩いており、その彼氏の名が翔吾というのだろう。

「川畑さん、でしたね」

一葉に訊かれ、賢志郎は「はい」と答える。

「あなたが、刺された杏由美さんを最初に見つけたんでしたよね」

「そうです」

「カウンセリングは受けられました？」

「え？」

唐突な問いかけに、賢志郎はやや声を裏返した。一葉は肩をすくめ、「翔吾くんもね」と話し始めた。

「大変だったんですよ、ゆかりが殺されてしまった時。翔吾くんはまったく悪くなかったのに、『おれがキレて電話を切ったせいだ』って、自分のことをひどく責めてね。家から出られなくなってしまって、しばらく心療内科にかよって、お医者様のカウンセリングを受けていました。かわいそうに……今では元気に大学へ行っているみたいですけど、当時はすっかり塞ぎ込んでしまってね。ゆかりの事件が起きたせいで、彼は楽しめるはずだった高校生活を半年近く失ってしまいました」

ゆかりと翔吾くんも幼馴染みなんですよ、と一葉は悲愴感を漂わせ、静かに視線を左に向けた。その先にはゆかりの遺影と、翔吾と思しき少年とのツーショット写真が飾られていた。

賢志郎は顔色を変える。猛烈な悪寒に襲われ、ねっとりとした吐き気が込み上げてきた。

あどけない目をして笑うゆかりの遺影から、目を逸らすことができなかった。

三ヶ月前の事件の時、少しでも発見が遅れていたら、杏由美も今頃あの黒いフレームの中に収まっていたかもしれない。そう思ったら、怖くてたまらなくなった。血まみれになった杏由美の姿が脳裏を過り、全身から嫌な汗が噴き出した。

「大丈夫」と答えた賢志郎の声は震えていた。

一気に青ざめてしまった賢志郎の背を、野々崎が優しくさすってくれた。「大丈夫です」と答えた賢志郎の声は震えていた。

「川畑くん、大丈夫?」

「川畑さん」

一葉に名を呼ばれ、賢志郎は視線を上げた。

「悪いことは言いません。一度お医者様にかかられることをお勧めします」

「?」

「はじめてあなたのことを見た時、すぐに翔吾くんのことを思い出しました。あなた、あの頃の翔吾くんと同じ目をしている」

賢志郎の視線が揺らいだ。ほらね、と言わんばかりの顔で、一葉はかすかに哀しげな笑みを湛えた。

「翔吾くんは、ゆかりを失ったショックから自力で立ち直ることができませんでした。幸い、あなたは杏由美さんを失わずに済みましたが、刺された杏由美さんの姿を直《じか》に見ています。どれほど恐ろしい光景だったかは、わたしにもわかります。わたしも、おなかを刺されて雨ざらしにされていたゆかりを、この手で抱きかかえましたから」

今度は一葉が声を震わせた。賢志郎は生唾を嚥下《えんげ》する。泥水をすすっているようなざらついた苦みが、口いっぱいに広がった。

「今でこそ彼は普通の生活に戻れていますが、ゆかりを失ったばかりの頃は立って歩くことさえままならない状態で、本当に見ていられませんでした。まだほんの十五歳だったのに」

　ずっとこらえていたらしい、一葉の涙がついにこぼれた。ゆかりと翔吾、二人の未来が突然絶たれてしまったことは、賢志郎にとっても、冷静に聞いていられる話ではなかった。

「翔吾くんと同じように、わたしも主人も心療内科の先生にお世話になってね。ずいぶんと時間はかかりましたけど、ようやくゆかりの死を受け入れることができました。川畑さん、あなたを見ていればわかります。あなたもわたしたちと同じ。あなたも立派な、事件の被害者なんですよ」

　賢志郎の隣で、野々崎が大きくうなずいた。当の賢志郎は、まだ理解が追いついていない顔をする。

「被害者」

「ええ、そうです。警察やマスコミの方々は、刺された本人のことを『被害者』と呼びます。ですが、事件の被害者は刺された本人だけじゃない。周りの人間だって、ゆかりや杏由美さんと同じように深く傷ついているんです。事件が起きて、大切な人が傷つけられて、つらい思いをしているのは周りの人間も同じでしょ？　あなただって、これまでずいぶんと苦しい時間を過ごされたのではないですか？」

はっとした。

彼女にすべて見抜かれていた。心の奥まで見透かされていた。

つらいのは俺じゃない、あゆなんだと、ずっと言い聞かせてここまできた。心がどんどん弱っていることを知りながら、あゆの前では強くいなければと、自分の心にそう信じ込ませてきた。

本当は賢志郎だって、深く、深く傷ついている。自力でからだを支えられないほど、心に痛みや苦しみをかかえている。

けれどそれらは、決して口にしていいものではないと思っていた。襲われた本人でもないのに、どうして俺が弱ってるなんて言えるのかと。

「無理をする必要なんてないんですよ」

諭すような口調で一葉は続ける。

「確かに、ゆかりが殺された時に犯人が捕まっていれば、杏由美さんが傷つけられることはなかったかもしれません。そういう意味では、わたしも一刻も早く犯人が逮捕されればいいと思っています。ですが、あなたや杏由美さんがこれからの人生を前向きに生きていけるかどうかって、犯人逮捕とは別のところで決まると思うんです」

「別のところ」

「ええ。幸いにして、杏由美さんの命はこの世につなぎ止められました。逆に言えば、耐えがたい苦しみを背負っていたとしても、杏由美さんはこの先の人生を生きていかなくてはならないということです。杏由美さんにとって、川畑さん、あなたは命の恩人も同然です。そんなあなたがいつまでも事件のことを引きずって、暗い顔をして毎日を過ごしていたら、杏由美さんはどう思うでしょうね？」

「それは……」

「ほら、わかっているじゃないですか。大切なのは、犯人を捕まえることじゃない。あなたと杏由美さんが互いに手を取り合って、痛みや苦しみを分かち合いながら、ともに乗り越えていけるかどうかなんですよ」

一葉の紡ぐまっすぐな言葉が胸に刺さる。ずっと忘れていた、忘れてはならない大切なことを、全身で思い出していく。

「後悔するなとか、事件のことを忘れろだとか、そんなことは言いません。杏由美さんが生きていらっしゃる以上、犯人が捕まらないことに不安を覚えるのは当然です。ですが、すべてを受け入れてなお、顔を上げて前に進んでいく方法はあります。ゆかりを永遠に失った翔吾くんでさえ、今という時を懸命に、前向きに生きているんですよ？　生きて杏由美さんの手を取ってあげられるあなたに、それができないはずはありません。二人で支え合って、時にはご家族の方やお医者様の手を借りながら、少しずつ傷を癒やしていけばいいんです。いつまでも事件に囚われていることなんてないんです。そうやってあなたがずるずると過去を引きずっていると、その分杏由美さんは前に進んでいく力を失ってしまう。あなたが苦しんでいる姿なんて、杏由美さんはきっと見たくないはずです」

穏やかに、一葉は次の言葉で話を締めくくった。

「無理して笑うことはありません。つらいのなら、正直にそう言えばいい。杏由美さんもきっと、あなたが本音を聞かせてくれる時をずっと待っているんだと思いますよ」

一葉から受け取った優しい気持ちが、一つひとつ、ゆっくりと、賢志郎の心とからだに染み渡っていく。

賢志郎は、右手でそっと顔を覆った。

最初から間違っていた。現状が、周りの様子が、少しも見えていなかった。

バカだ、俺。

あゆはずっと、犯人なんて捕まらなくていいって言ってたじゃねぇか。

それなのに、勝手に一人で空回りして。貴義や横山だって、何度も俺に冷静になれって言ってくれてたってのに。

頭をかかえ、賢志郎は目を伏せる。

胸が苦しくて、悔しくてたまらなかった。大声で叫びたかった。

「あぁ、もう……！」

食いしばった歯の隙間から、かすれた声がこぼれ落ちる。

結局俺がやってきたのは、あゆを苦しませることばかりだったってことかよ——。

「あなたの気持ちは、痛いほどわかるんですけどね」

一葉が苦笑まじりに言った。

「わたしも最初は、犯人のことが憎くて憎くてたまらなかった。早く逮捕してくれと、警察の方を相手に怒鳴り散らしたこともありました。けれど今では、そういう時こそ少し時間をおいたほうがいいのだと思っています」

その言葉に、賢志郎はようやく少しだけ顔を上げることができた。一葉は穏やかに微笑んでいた。

「傷が癒え、心の荒波が鎮《しず》まって、普段どおりの息づかいで生きていけるようになるまで待つんです。それでもなお、犯人を捕まえたいと思ったら、その時はおもいきり動けばいい。冷静さを取り戻している分、これまで見えてこなかった大切ななにかが見えることがあるかもしれません。そのためにも、まずはあなた自身が元気にならなきゃ。心に受けた傷が完全に癒えることはありませんが、わたしたちのように、それでもなんとかがんばって、笑って生きていこうと思えるところまでは、あなただってきっとたどり着けるはずですからね」

賢志郎に笑いかけると、今度は野々崎へと視線を移して一葉は言った。

「今日のところはお引き取りいただいたほうがよろしいかと思います。彼、すごく顔色が悪いですし」

「ええ、そうします。ありがとうございました、貴重なお時間を割《さ》いていただいて」

「とんでもない。またなにかお訊きになりたいことがあれば遠慮なくおっしゃってください。できる限りのご協力はお約束します」

ありがとうございます、と野々崎は起立して慇懃に頭を下げた。賢志郎もふらつきながら席を立ち、弱々しい声で「ありがとうございました」と言った。

「あの」

見送られた玄関先で、賢志郎はもう一言だけ一葉に声をかけた。

「最後に一つだけ、訊いてもいいですか」

「ええ、どうぞ」

「瀧沢さんは、犯人のことを殺したいと思っていますか」

一葉の表情が一瞬にして強張った。その瞳に赤く燃える復讐の色を宿し、一葉はまっすぐ賢志郎の双眸を射貫いた。

「もちろんです。できればこの手で殺してやりたい」

自らの右手にそっと視線を落とし、一葉は力強くそう告げた。

郵便はがき

料金受取人払郵便

新宿局承認

3970

差出有効期間
2022年7月
31日まで
（切手不要）

160-8791

141

東京都新宿区新宿1－10－1
（株）文芸社
愛読者カード係 行

| | | | |
|---|---|---|---|
| ふりがな<br>お名前 | | 明治 大正<br>昭和 平成 年生 歳 | |
| ふりがな<br>ご住所 | □□□-□□□□ | | 性別<br>男・女 |
| お電話<br>番号 | （書籍ご注文の際に必要です） | ご職業 | |
| E-mail | | | |
| ご購読雑誌（複数可） | | ご購読新聞<br>新聞 | |

最近読んでおもしろかった本や今後、とりあげてほしいテーマをお教えください。

ご自分の研究成果や経験、お考え等を出版してみたいというお気持ちはありますか。

ある　ない　内容・テーマ（　　　　　　　　　　）

現在完成した作品をお持ちですか。

ある　ない　ジャンル・原稿量（　　　　　　　　　　）

| 書　名 | | | |
|---|---|---|---|
| お買上<br>書　店 | 都道　　　　市区<br>府県　　　　郡 | 書店名 | 書店 |
| | | ご購入日 | 年　月　日 |

本書をどこでお知りになりましたか?

1.書店店頭　2.知人にすすめられて　3.インターネット(サイト名　　　)

4.DMハガキ　5.広告、記事を見て(新聞、雑誌名　　　)

上の質問に関連して、ご購入の決め手となったのは?

1.タイトル　2.著者　3.内容　4.カバーデザイン　5.帯

その他ご自由にお書きください。

(　　　　)

本書についてのご意見、ご感想をお聞かせください。

①内容について

②カバー、タイトル、帯について

弊社Webサイトからもご意見、ご感想をお寄せいただけます。

ご協力ありがとうございました。

※お寄せいただいたご意見、ご感想は新聞広告等で匿名にて使わせていただくことがあります。

※お客様の個人情報は、小社からの連絡のみに使用します。社外に提供することは一切ありません。

■書籍のご注文は、お近くの書店または、ブックサービス(0120-29-9625)、セブンネットショッピング(http://7net.omni7.jp/)にお申し込み下さい。

「でもね」

しかしすぐに、一葉は表情を緩めた。

「ゆかりは優しい子でしたから。わたしや主人、それから翔吾くん、誰か一人でも復讐の鬼になってしまうようなことがあれば、あの子はきっと悲しむでしょう」

一筋の涙を頬に伝わせ、一葉は精いっぱい賢志郎に微笑みかけた。

「もうこれ以上、あの子を苦しませたくはありません」

あたたかい口調だった。これこそ、賢志郎が求めていた答えだった。

改めて深く頭を下げると、賢志郎は野々崎とともに瀧沢家をあとにした。

ずっと心にかかっていた靄《もや》が、少しだけ晴れた気がした。


帰りの車内は終始無言が貫かれた。賢志郎がいよいよ肩で息をし始めたので、野々崎が会話を遠慮した形だった。

自宅前に到着すると、賢志郎は「ありがとうございました」と上ずった声で野々崎に礼を述べた。

「すみませんでした、忙しいのに付き合ってもらっちゃって」

「それは構わないけど、ねぇ、本当に大丈夫？　一人で歩ける？」

大丈夫です、とだけ答えて、賢志郎は助手席から車を降りた。窓に向かって今一度頭を下げ、白くかわいらしいフィアットの後ろ姿を、見えなくなるまで目で追った。

ふら、とからだの力が抜けた。咄嗟に門扉《もんぴ》の壁に手をつき、どうにか倒れ込んでしまうことは回避した。

頭はほとんど働いていなかったが、発熱していることはなんとなく理解できた。ひどい悪寒に襲われる中、ぜぇぜぇと荒い呼吸をくり返す。

目が霞《かす》み、景色が歪む。咳き込むと、肺が痛くてたまらなかった。

「あー、しまった」

熱っぽい吐息とともに、賢志郎はぽつりとぼやいた。

「自転車……学校に置きっぱだ」

リュックを押しつぶして壁に背を預け、虚ろな目で夕闇に染まる空を仰ぐ。

「あーあ」

目を閉じる。冷たい風が頬をなでた。

「カッコ悪、俺」

まぶたを上げ、熱で潤んだ瞳で宙を見つめる。

杏由美のためを思って動いた結果、ほとんどすべてが裏目に出た。必死になって駆けずり回って、この手の中にはいったいなにが残っただろう。

滑稽だ。自嘲的な笑みがこぼれる。

この三ヶ月間、なにと闘ってきたのだろう。どんな敵を相手にすれば、こんなにもボロボロになるのだろう。

動き出す気力が湧いてこない。昼間飲んだ風邪薬の効果は完全に切れていた。意識が飛ぶのも時間の問題だと思った。動けないが、いつまでもここで夜風に吹かれていても仕方がない。

なんとか腹に力を入れ、もたれかかっている壁から離れた。すると、隣の家からなにかが派手に倒れたような物音が聞こえてきた。

音につられて振り向くと、杏由美が真っ青な顔をして、自宅前の駐車場に自転車を乗り捨てていた。

同じく顔面蒼白の賢志郎に、杏由美は泣きながら飛びついた。しゃべることができない分、吐き出される息の震えが明確に伝わってくる。

言葉もないまま、賢志郎は杏由美のからだを抱き寄せた。

腕の中に、大切な人がいる。体温も、においも、曖昧にしか感じられなかったけれど、ここには確かに、かけがえのない杏由美の存在がある。

そうだ。杏由美は生きている。

それでいい。それ以上、なにを望むっていうんだ。

生きて、俺の隣にいてくれる。たったそれだけのことが叶わない人がいるってのに、俺はこれ以上、どんな幸せを望んでる？

朦朧とする意識の中で、賢志郎はただひたすらに、杏由美のからだを抱きしめ続けた。

もう二度と離さない、もう二度と泣かすまいと、弱り果てた心に固く誓った。

## 4.

杏由美の肩を借りて帰宅した賢志郎は、玄関扉をくぐったところで意識を失い、そのまま寝込むことになった。

三九度の高熱が出て、翌木曜日は起き上がることさえできなかった。金曜日の午後になってようやく三七度五分まで熱が下がり、階下のリビングで食事を摂った。

午後四時三十分。昼食兼夕食のたまご粥《がゆ》を食べ終え、さっとシャワーを浴びてから部屋に戻った。まだなにをする気にもなれず、スマートフォンを片手にベッドへと潜り込んだ。

リュックに入れたまま丸二日放置していたら、バッテリーが切れていた。充電器につなぎ、しばらく待ってから電源を入れて中身を確認すると、杏由美から大量のメッセージが送られてきていた。

〈大丈夫？　熱、下がった？〉

〈ちゃんと布団かけてる？　ケンちゃん暑がりだから、蹴飛ばしちゃってないといいけど……〉

〈早退しようかな。授業に集中できないよー〉

〈ごめんね、通知うるさいよね。返事できないくらいつらいんだってわかってるのに、私、すごく不安で……〉

〈大丈夫だよね、ケンちゃん〉

〈ケンちゃんに会いたい〉

「バカ」

スマートフォンを握ったまま、賢志郎は布団の中で膝をかかえた。

「俺だって、会いたいよ」

今すぐにでも会いに行きたい。おもいきり抱きしめてやりたい。

鬱陶しいって言われるまで、ずっとあゆのそばにいたい。

両腕を布団から出し、賢志郎は杏由美に返事を送った。

〈心配かけてごめん。熱はだいぶ下がったよ。家帰ってきたら連絡して〉

そこまで書いて、一旦送信。少し迷って、もう一言だけ打ち込んだ。

〈俺も、あゆに会いたい〉

本心だが、こうして改めて文字にすると顔から火が出るほど恥ずかしい。

未送信のまま、一文まるごと消し去った。ばくばくと心臓が音を立てた。

早く返事こないかなぁと、賢志郎は口もとを綻ばせながらもう一度布団の中で丸まった。

杏由美の他にも、学校を休んだ賢志郎を心配して、何人かの友人から連絡が入っていた。

貴義からは〈話したいことってなんだよ！　気になるから早く学校に来い〉と少しも心配していることが伝わらないメッセージが届いていた。夕梨もまた〈お大事に！一冊一〇〇円でノート貸してあげる！〉と送ってきていて、二人してバカにしやがって、と思う反面、これくらいの軽口を叩かれているほうが気楽だな、と彼らの気づかいに感謝した。

メッセージの他に、不在着信が一件入っていた。桜介からだった。

調べてみると言っていた、被害者たちの携帯電話の件だろう。新たな事実がわかったのか、それとも、空振りだったのか。

どっちでもいい。今はあまり、事件のことを考えたくなかった。

次にまたかかってきたら応答しようと、賢志郎は自分から折り返し桜介に連絡しないことに決めた。貴義たちにせっせとメッセージを返している間に気力が尽き、知らないうちにスマートフォンを握ったまま眠っていた。

「賢志郎」

微睡《まどろ》みの中で、耳に覚えのある声が聞こえてきた。肩を叩かれる感覚がして、賢志郎はゆっくりと目を開けた。

「大丈夫？」

母の加代《かよ》が、険しい表情で賢志郎の様子を窺っていた。

「ん……なに」

「あゆちゃんがお見舞いに来てくれてるけど」

「えっ！」

賢志郎は飛び起きた。

慌てて時計に目を向ける。午後六時二十五分。部活を終え、その足で駆けつけてくれたらしい。

「どうするの？　上がってもらう？」

「あぁ、うん」

曖昧に首肯すると、加代は黙って部屋を出て行った。くしゃくしゃと髪を整えていると、加代と入れ替わるように、セーラー服姿の杏由美がやってきた。

「よ」

努めてなんでもない顔をして賢志郎が片手を上げると、杏由美はぽろぽろと涙をこぼし、ベッドの上の賢志郎に飛びついた。

「バカ、泣くなって」

すがりついてしゃくり上げる杏由美の頭を、賢志郎は優しくなでてやる。

泣くな、と言ってから、違うと思った。

そうじゃない。俺が今、あゆに伝えなければならないことは。

「ごめんな、あゆ。心配かけて」

心を込めて、賢志郎は謝罪の言葉を口にした。杏由美は首を横に振る。

あったかい。頭に触れた手のひらに、じんわりとあたたかな熱を感じた。

三ヶ月前を思い出す。公園のトイレで抱きかかえた時の杏由美は、人のからだとは思えないほど冷たくて、まるで石のようだった。

それが今は、ちゃんと人のぬくもりを感じる。杏由美が今でもこの世界に生きていることを、しっかりと実感することができる。

たったそれだけのことが、この上なく幸せだった。

そうと気づくまでに、少し時間がかかりすぎた。

「あゆ」

呼びかけると、杏由美が涙でいっぱいの顔を上げた。

「ほんとごめん。俺、おまえがこんなに心配してくれてるなんて全然気づいてなかったんだ。ただでさえつらい思いをしたってのに、俺、おまえの傷を深くしただけだよな」

杏由美は懸命に首を横に振る。違う、そんなことない。そう言ってくれていることを賢志郎は察しながらも、今一度「ごめんな」と言い、杏由美の頬を伝う涙を指で拭った。

「もう無茶なことをするのはやめるよ。なにか別の方法を考える。あゆがこれまでどおり元気に笑って過ごせる日が一日でも早く来るように、俺が余裕を持ってできることを探す。部活にも……」

戻るよ、と言いかけて、賢志郎は言葉をのみ込んだ。咳が出たフリをしてごまかしたが、杏由美は「どうしたの」という顔で賢志郎を見た。

今はまだ、黙っておくことにした。

賢志郎がバスケ部の練習に復帰できない、本当の理由。今それを話してしまえば、杏由美にまた余計な心配をかけることになる。

まずは貴義だ。貴義に話を通して、キャプテンである彼の判断を仰ぐ。杏由美に本心を打ち明けるのは、それからでも遅くない。

「とにかく」

ぽん、と賢志郎は杏由美の頭に手を乗せた。

「もう二度と、おまえを泣かせるようなことはしないから」

夕梨に言われた。あんたがつぶれると、あゆが悲しむと。

貴義に言われた。三船のことになると、おまえはすぐ視野が狭くなると。

どちらも正しい。正しさゆえに、賢志郎は彼らの言葉に耳を塞いできた。

己の間違いを認めることは、とても痛くて、とても苦しい。けれど今は、そんなことを言っていられる状況じゃない。

間違いを素直に認めて、はずれてしまった軌道を修正しなければならない。つらく、暗い過去にどれほど苛まれようとも、この先の人生を、杏由美と手を取り合って生きていかなければならないのだ。

そのために、まずは自分と正直に向き合う。杏由美を悲しませることなく、彼女のためになにができるかを考える。

冷静になって、周りをよく見て、一つひとつの行動を、状況に合わせて最適化していく。いくつかある選択肢の中で、今の自分のコンディションに合った方法を選ぶ。

それが賢志郎の、バスケットボール選手としてのプレースタイルだ。

それを今回の一件に当てはめればいい。自分の選択した行動に、杏由美をいい意味で巻き込んでいけばいい。そうすればいつか、杏由美はまた笑えるようになる。

犯人捜しは一旦休止だ。まずは体調と、自らの心の状態を整えよう。賢志郎は気持ちを新たに、杏由美にそっと微笑みかけた。

そんな賢志郎の思いを知ってか知らずか、先に動き出したのは杏由美だった。

翌々日の日曜日。〈話したいことがあるの〉と賢志郎にメッセージを送り、彼女は再び川畑家を訪れたのである。

5.

暦《こよみ》が十月に変わったその日は、朝からあいにくの雨模様だった。

部屋の中にいてもザーザーと音が聞こえてくるような本降りの雨で、午後になるとさらにその勢いが増した。隣の家から移動してきただけの杏由美だったが、外に出たほんの数秒間のうちに足もとをすっかり濡らしてしまっていた。

賢志郎の体調は、若さと、日頃から鍛えているおかげで、ほぼ全快と言っていい状態だった。自分で見てもわかるくらい顔色がよくなって、外が雨でなければもう少し心は晴れやかでいられたのに、と残念に思えるくらいの余裕もある。

雨が降るとどうしても思い出してしまうあの日の記憶を蹴散らすように、賢志郎は精いっぱい笑って杏由美を部屋に招き入れたが、なぜか杏由美は浮かない顔で賢志郎の隣に腰掛けた。

「あゆ？」

ベッドの端に並んで座っている二人。賢志郎は左隣を見やった。

「どうした？　体調悪い？」

杏由美は首を横に振る。提げてきたポシェットからスマートフォンを取り出すと、メッセージアプリを開いて文字を打ち込み始めた。ピロン、とすぐに賢志郎の端末が鳴った。

〈あの日のことを思い出したの〉

賢志郎はスマートフォンから顔を上げた。杏由美は賢志郎を見ることなく、新たな文章を綴って送る。

〈昨日、心療内科の先生にお願いして、事件が起きた時の記憶を呼び起こすお手伝いをしてもらったの〉

「記憶を呼び起こす？」

杏由美はこくりとうなずいた。

〈先生の声に従って、あの日、電車を降りたところから順番に記憶をたどっていったの。周りはどんな風景だったとか、手にどんなものを持っていたとか、なにか特別な音やにおいを感じなかったかとか。人間の脳って、五感の刺激は覚えやすくて、忘れにくいんだって。なにかをド忘れしちゃった時も、五感の刺激を頼りに思い出そうとするとうまくいくことが多いって、先生が言ってた〉

へぇ、と賢志郎が相づちを打つと、杏由美はポシェットの中から手のひらサイズに折りたたまれた白い紙を取り出し、賢志郎に手渡した。賢志郎は黙って受け取り、杏由美からのメッセージを待つ。

〈ごめんね。半日かかって、それだけしか思い出せなかった。参考になるといいんだけど〉

ちらりと杏由美の表情を窺ってから、賢志郎は手渡された紙を開いた。

罫線の入った、二〇センチ四方のメモ用紙だった。そこには見慣れない字で——心療内科医が書いたものだろう——事件に関するいくつかの情報が羅列されていた。

●眼鏡をかけた男性
●黒っぽい服。ブルゾン？
●身長は高くなかった。自分より少し大きい程度
●若い。二十代？

●右利き。右手で腹を刺された
●後ろから腕を掴まれた。一度すれ違った気がする。振り返って追いかけてきた？
「あゆ……！」

それだけ、なんていう量ではなかった。並べられた情報の多さに、賢志郎は目を瞠《みは》った。

「バカ、おまえ……！　なに勝手に一人で無理してんだよ！」

〈ケンちゃんだって無理したじゃん！　三日も寝込んだくせにえらそうなこと言わないで！〉

賢志郎はたじろいだ。隣から浴びせられる、刺さるような視線が痛い。

ムッとしていた表情を崩し、杏由美は真剣にメッセージを打ち込む。

〈ケンちゃんが私のために一生懸命がんばってくれてるのに、私だけがいつまでも逃げてちゃいけないって思ったの。私があの時のことを思い出せたら犯人が捕まるかもしれないって、ずっとわかってたのに、怖くて〉

ピンク色の端末を握る手は震え、杏由美は怯えるように吐息を揺らした。事件からまもなく四ヶ月。かかえた恐怖が杏由美の中から消え去ることはいまだない。

賢志郎は杏由美のからだを抱き寄せた。

「ありがとう。よくがんばったな」

細くて柔らかい髪をなでる。ふわりとシャンプーのにおいがした。

「このメモ、警察には見せた？」

杏由美は首を振って否定の意を示し、すぐにスマートフォンの画面をタップした。

〈まずはケンちゃんにと思って〉

「バカ、逆だろ！　普通は先に警察だ」

〈ほら、すぐバカって言うもんケンちゃん！　この前のテスト、私のほうが成績よかったんだからね！〉

「それとこれとは話が別だろ！　物事には優先順位ってもんがあんだよ！」

杏由美に睨まれ、なにをやっているんだろう、と思う。こんなくだらない言い合いをしている場合ではなくて、けれど、こうしたなにげないやりとりができる今を大切にしたいとも強く思った。

「あのな、あゆ」

気を取り直して、賢志郎は背筋を伸ばした。

「ちょっと大事な話をするから、ちゃんと聞いてほしい」

空気が変わるのを悟り、杏由美も自然と居住まいを正した。

「おまえを襲った犯人は、少なくともおまえの他にあと二人、女子高生を襲ってる」

杏由美があきらかな動揺を見せた。賢志郎は杏由美の手を握ってやる。

「十年前に一人、五年前にもう一人。おまえ以外の二人は、どっちも命が助からなかった。遺族の方に会って話を聞いてきたけど、みんな事件のことを引きずってる。亡くなってしまった人がこの世界に戻ってくることはない。でも、犯人が捕まれば少しは浮かばれるんじゃないかって、俺はそう感じたんだ」

賢志郎は、杏由美から受け取ったメモ用紙を持ち上げた。

「被害者のうち、今でも生きているのはあゆだけだ。そのおまえが、こうして事件解決の糸口を提示してくれたんだ。これ以上大きな手がかりは、俺の知る限りじゃ今はない。だから、ちゃんと警察に知らせよう。三人も襲ったヤツなんだ。俺一人でどうこうできる相手じゃないよ」

あの公園で桜介と出会うまで、杏由美を襲った人間がまさか殺人犯だとは思ってもみなかった。腹部を刺したという事実だけでも底知れぬ恐怖を感じるが、過去に二人も襲っているとなると、その恐ろしさは格段に跳ね上がる。

十年前に殺された桜介の姉、硲咲良は、五ヶ所も刃物を突き立てられたという。そんな凶悪な人間を運よく追い詰められたとして、ただの高校生である賢志郎一人では、それ以上どうすることもできない。下手をすれば、自身も殺されてしまう危険だってあるのだ。

寝込んでいた数日間、事件の真相を追い求めることから少し離れて、賢志郎はようやく冷静に状況を見極められるようになった。自分にはなにができて、どうすることが正しいのか。その答えをやっと手にすることができた。

自分にできることはやった。ここから先は、警察に任せよう。

これ以上俺にできることはないと、賢志郎は潔く身を引く決断をしたのだった。

「いい？」

賢志郎は改めて問う。杏由美ははっきりとうなずいた。

ぽんぽん、と杏由美の頭をなでると、賢志郎はスマートフォンを手にし、着信履歴から桜介の携帯番号をたどった。さぁ電話しようとその番号をタップしかけて、指が止まった。

――待てよ？

左手に握っていた、杏由美から受け取ったメモを見る。杏由美が怪訝な表情で覗き込んできたことにも気づかず、賢志郎は食い入るようにメモ用紙に書かれた文字を目で追った。

生唾をのみ込む。メモを掴んだ左手に、じわりと嫌な汗がにじんだ。

杏由美の思い出した犯人像はこうだ。

眼鏡をかけた男性。背はさほど高くない。若い印象を受けたため、二十代と思われる。

「あの人だ」

桜介だ。彼の容姿は、まさにこの証言と一致するではないか。

さらに賢志郎は、数日前に行った喫茶店での桜介の仕草を振り返る。あの時、彼は右手で眼鏡を拭っていなかったか？　コーヒーへミルクを注いだ手も、カップを持ち上げる手も右だった。十中八九、彼は右利きだ。

杏由美が賢志郎の左腕に触れて彼の気を引く。賢志郎が顔を向けると、どうしたの、と杏由美は目で訴えた。

すぐには答えられなかった。頭が混乱していることにはどうにか気がつくことができ、落ち着かなければと、一度深呼吸した。

冷静に考えてみよう。賢志郎はスマートフォンをベッドの上に置き、今一度メモ用紙に目を落とした。

仮に桜介が杏由美を襲った犯人だった場合、その動機がわからない。

自身も最愛の姉を失っているのに、なぜ杏由美を姉と同じ方法、同じ場所で襲ったのか。彼が殺したいと思っているのは犯人であるはずだ。罪のない女子高生を手にかける理由があるだろうか。

桜介と直接会って話をした時の印象では、彼は確かにある種の狂気をまとってはいたものの、無差別に女子高生を襲うようなそれではなく、かかえる負の感情はおよそ犯人にのみ向かっていたように思えた。もし彼が杏由美を襲ったのだとすれば、そこには必ず硲咲良殺しとの浅からぬ関係があるはずだ。それが動機？　しかし、なぜ無関係の杏由美を襲う必要が？

もう一点、わからないことがある。

どうして犯人は、杏由美を確実に殺さなかったのだろうか。

硲咲良、瀧沢ゆかりはその命を奪われている。そんな中、なぜ杏由美だけが生き残ったのか。

偶然刺し傷が浅かったから？　賢志郎による発見が早かったから？

杏由美だけが、別の人間に襲われたから——？

桜介の話を思い出す。咲良は腹部を五ヶ所も刺されたという。杏由美は一ヶ所。この違いはなにを意味する？　単純に抵抗、無抵抗の差か？

そもそも犯人は、杏由美が今も生きていることを知っているのだろうか。

当たり前のことだが、テレビなどの報道では杏由美の死亡は伝えられていない。犯人にとって、自分の起こした事件の捜査状況は気にならないはずがないので、新聞やテレビのニュースは逐一チェックしているだろう。杏由美の命が助かったことも容易に知り得るはずだ。

想像してみる。自分が犯人だったら、どうだろう。

犯人は真正面から杏由美の腹を刺している。つまり、被害者である杏由美は犯人の顔を見ているということだ。傷が癒え、警察から事情聴取を受ければ、杏由美は犯人像や事件当時の状況を詳しく答えることができ、杏由美の証言をもとにモンタージュが作成され、全国に指名手配されるところまで捜査が進展することもあるだろう。

そんな状況下で、平然と逃げ回ることができるだろうか。たとえ一時的な記憶喪失に陥っていたとしても、裕咲良や瀧沢ゆかりとは違い、杏由美の命はこの世につなぎ止められたというのに。

俺なら無理だ、と賢志郎は思った。

ただでさえ人を襲って緊張している状態で、警察が自分に焦点を絞って捜査に当たっているかと思うと、とてもじゃないが心臓が持たない。杏由美が警察からの聴取に応じる前に、その口を封じてしまったほうがいいのではないか。そんな風にも考えそうだ。つまり杏由美の存在は、再び犯人の魔の手にかかる危険性を今なお孕《はら》んでいるということだ。

それなのに犯人は、事件から四ヶ月が経とうとする今でもまだ、杏由美の命を狙ってこない。なぜ？

答えは簡単だ。杏由美が警察の聴取に応じていないことを知っているから。

杏由美があの日、あの事件が起きた瞬間の記憶を失い、今でも取り戻せていないことを知っているから。だから犯人は安心して、現在も逃亡生活を続けられている。そういうことではないだろうか。

この条件に当てはまるのは、杏由美の家族や友人、マスコミ関係者、そして事件の捜査に当たっている警察官のみ。直接杏由美の事件の捜査に当たったわけではないが、捜査情報を握っている桜介も、そのうちの一人にカウントされる。

彼は、杏由美の口を封じずとも自分がおよそ捕まらないことを知っている。捜査が暗礁に乗り上げているとわかっているから、杏由美を手にかける必要がないのだ。

また桜介は、模倣犯の可能性を提示した賢志郎に対し、即座に否定的な意見を述べた。賢志郎には実に論理的に聞こえた彼の回答だったが、その真意は、自らがその模倣犯であることを隠すためだったのではないか。

もしかして桜介は、咲良が殺された時の状況を再現するために杏由美を襲ってみせたのか？　姉の事件を解決に導くために？　だから杏由美だけが殺されなかった？

あり得ない。あまりにもバカげた動機だ。しかしあの桜介であれば、姉を殺した犯人をあぶり出すためにどんな手を使うかわからない。ただの憶測が憶測にとどまらない可能性は、桜介に限って言えば十分ある。

杏由美が賢志郎の左腕を強く引いた。見れば、瞳をぐらぐらと揺らす彼女の姿がそこにあった。

「ごめん」

黙り込んでしまったことをひとまず詫びる。また少し熱くなっていて、負のスパイラルに陥りかけた頭をぶんと振った。

「あのさ、あゆ。この話、一旦俺が預かってもいい？」

メモ用紙を片手に問いかけると、杏由美は不安そうに首を傾げたが、最後には「わかった」といった風にうなずいた。

再び冷静さを取り戻し、賢志郎は考える。

方法としては、杏由美に桜介と会わせて直接顔を確認させれば、少なくとも杏由美の事件において桜介が白か黒かということをはっきりさせることができる。

ただし、これは大きな賭けでもある。桜介が杏由美を刺した犯人だった場合、その場で杏由美に襲いかからないとも限らないからだ。

賢志郎が同席するとしても、現役警察官を相手に杏由美を守り切れる自信はない。貴義など、信用して事情を話せる誰かの手を借りることも一瞬考えたが、貴義は親友だ。彼に危険が及ぶようなことはなるべく避けたい。面通しに同席するのは、やはり自分一人のほうがいい。

では、どのようにすれば最小限のリスクで面通しを実現させられるか。

簡単だ。桜介をどこかへ呼び出し、杏由美には遠くから彼の姿を見てもらえばいい。

窓の外に目を向ける。雨が止む気配はない。アプリで天気予報をチェックすると、どうやら明日には天候が回復するようだ。

明日にしよう。

明日の放課後、高校に桜介を呼び出す。杏由美が記憶を取り戻したと言えば確実に出向いてくれるはずだ。

連絡も明日、学校に着いてから入れればいい。今から伝えておいて、今夜中に行動を起こされてはまずい。学校の敷地内であれば人の目があるし、賢志郎自身が杏由美のそばを離れなければいい。一晩中起きて杏由美の身を守るよりもよほど効率的だ。

すぅっと、賢志郎は目を細める。

考えすぎであってほしいと願わずにはいられなかった。

どうしても桜介には、手を汚してほしくなかった。

もしも手遅れだったのなら、素直に罪を償ってほしい。それ以外、彼に望むものなどなにもなかった。

風が出てきたのか、雨が直接窓を叩き始めた。バタバタとけたたましく鳴り響く雨音が、不穏な空気を連れてくる。

嫌な予感が、賢志郎の胸にへばりついて離れなかった。

そしてその予感は、夜明けとともに現実のものとなる。

また一人、セーラー服をまとった女子高生が腹部を刺され、帰らぬ人となったのだ。

# 第三章　衝突

1.

起き抜けにそのニュースをテレビで見た時、雷に打たれたような衝撃が全身に走った。

ダイニングテーブルの前に佇み、賢志郎は食い入るようにニュースを見た。

画面右上に『速報』の赤い二文字が躍っている。事件が発覚したのは昨日の深夜のことらしい。

現場は賢志郎の住む左座名市のすぐ隣、汐馬市内の住宅街。桜介の所属する汐馬警察署の管轄だ。

被害者の名は小橋真奈《こはしまな》。この時点ではまだ、十八歳の女子高校生であるということしか報道されていなかった。腹部を刺されて亡くなった、警察は通り魔による犯行の線で捜査している。男性ニュースキャスターが、そう原稿を読み上げた。

昨日は休日だったから、もしかしたら被害者はセーラー服を着ていなかったかもしれない。一連の事件とは無関係かもしれない。

それでも、後悔せずにはいられなかった。

どうして昨日のうちに桜介と連絡を取っておかなかったのか。桜介でなくたっていい。邪推せず、杏由美が記憶を取り戻したことを素直に警察に伝えていれば。もしも、昨日殺された女子高生が一連の事件の新たな被害者だったとしたら。昨日、迷わず動いていれば、彼女を死なせずに済んだかもしれないのに。

「賢志郎」

母の加代が、青い顔をしてテーブルに着いた賢志郎に声をかけた。

「大丈夫？　学校、行けそう？」

うん、と力なく返事をした賢志郎は、朝食もそこそこに家を出た。

誰とも話したくない気分だった。今話をすべきなのは、桜介ただ一人だけだ。

今日はバレー部の朝練があるため、杏由美はすでに学校へ向かっている。一応三船家の駐車場を覗いてみたが、杏由美の自転車はなかった。無事に着いたかな、と賢志郎はやや不安げに自転車を漕ぎ出した。

昨日の雨の影響で、路面はほとんど乾いていなかった。ところどころ水たまりができていて、一晩じゅう降り続いたような濡れ方だ。

先ほどテレビで報道されていた小橋真奈が一連の事件の被害者なら、彼女もまた、雨の中襲われたことになる。彼女も傘を差して歩き、もう一方の手にはスマートフォンを握っていたのだろうか。

マンホールなど、すべりやすくなっている箇所を意識的に避けながら、賢志郎はいつもより慎重に自転車を走らせた。体調は万全で、からだのどこにも違和感を覚えなかった。

事件の捜査から手を引くと決めたばかりだというのに、今朝発覚した新たな事件のせいで、賢志郎の頭の中は一連の事件のことでいっぱいになっていた。

雨。セーラー服。女子高生。

傘。携帯。リボン。

断片的な共通項が徐々に集まりつつあるだけで、犯人の狙いはかけらほども見えてこない。どのような人物が、なんの目的で、いつ、どんなタイミングで事件を発生させているのか。現段階では一向に判断のしようがなかった。

なにかもっと、決定的な事実がほしい。十中八九こうであると、自信を持って結論づけることのできる事実が。

早く桜介と話したい。あの人ならきっと、今はまだ闇に包まれている大切なことに気がつくことができるはずだ。

はやる気持ちを抑え、賢志郎は左座名西高校の校門をくぐった。

駐輪場は学年ごとに分けて設けられていて、賢志郎は二年生の置き場にまっすぐ向かう。いつも停めている場所の青い屋根が見えたところで、賢志郎は両眉を上げた。

「よぉ、賢志郎」

整然と並べられた自転車の中に、貴義がニヤリと笑っている姿を見つけた。賢志郎が来るのを待ち構えていたかのように、貴義は腰を預けていた自らの自転車から離れた。

「風邪、治ったか」

「おう。もう平気」

短く返事をして、賢志郎は貴義の隣に自分の自転車を停め、鍵をかけた。

「悪かったな、貴義。この前、話をするって約束してたのに」

「しゃーねぇよ。まさかぶっ倒れるとは思わなかった」

俺もだよ、と賢志郎は苦笑した。思い出したくないくらい恥ずかしい。散々みんなから無理をするなと言われてきたというのに、結局迷惑をかけることになるなんて。

「で、どうする？」

貴義が言った。

「今なら少し時間あるぞ」

「あぁ、うん」

賢志郎はポケットからスマートフォンを取り出し、時間を確認した。八時十分。始業までまだ二十分あるが、問題はそこではない。

頭の中が事件のことでいっぱいで、部活の話にうまく切り替えられる自信がなかった。

できることなら、一刻も早く桜介と連絡を取りたい。今朝のニュースで見た女子高生刺殺事件についての捜査の進捗状況も気になるし、なにより、杏由美から証言が取れたことを伝えたかった。

そうかといって、貴義のことを無視するわけにもいかない。一度約束を反故《ほご》にしているのだ。これ以上待たせられないし、待たせたくなかった。事件のこともちろん大事だが、貴義だって大切に思っている友人なのだ。天秤にかけるような真似はしたくない。そんなことをする自分自身も許せない。

どうする？

なにから片づけていけばいい？　どうやって優先順位をつける？

俺にとって、今もっとも大事なことはなんだ？

「珍しいな」

貴義がつぶらな目をまんまるにして賢志郎を見た。

「おまえが迷うなんて」

「え？」

「いや、おまえって結構即決タイプというか。山積みされた問題を前にしても、要領よく捌《さば》けちまうとこあるからさ」

いつもならそうだ。だが今は状況が状況だけに、そう簡単にはいかない。

猛烈に悔しくなった。

二兎を追う者は一兎をも得ず。最初の一歩を間違えれば、最終的にすべてを失うことになりかねない。

「ちくしょう」

吐き捨てるように悪態をつき、賢志郎はくしゃくしゃと髪を触った。

「守りたいものが多すぎんだよ」

貴義は少しだけ驚き、すぐに声を立てて笑った。

「おまえらしいな」

「は？」

「おまえはすぐそうやって、一人でなんでも背負《しょ》い込もうとする」

ちくりと胸を刺す痛みが走る。賢志郎は首を振った。

「そんなかっこいいもんじゃねぇよ。単に欲張りなだけだ」

「三船の事件を解決したい。けど、部活にも戻りたい？」

「それだけじゃない」

右手に握ったままになっていたスマートフォンを、賢志郎はそっと見つめた。

「もう一つ、どうしてもやりたいことがあって」

真に迫る賢志郎の表情に、貴義は顔を強張らせた。

「まさか、この前言ってたことじゃねぇよな」

「違う。その逆だよ」

「逆?」

「あぁ。人を……事件の犯人を殺したいと思ってるのは俺じゃない。俺はその人を止めたいんだ。あの人が復讐の鬼にのみ込まれちまう前に、犯人が逮捕されることを祈ってる」

スマートフォンを握りしめる手に力が入った。

犯人に対する憎悪の感情は存在する。流されて、復讐心に一度は小さく火がついた。けれど、賢志郎の周りには、その火を吹き消してくれる人たちがいた。

貴義。野々崎。二人めの被害者である瀧沢ゆかりの母、一葉。誰に訊いても、最後には復讐なんてと口を揃えて否定した。

今、賢志郎にははっきりとわかる。復讐のあとに残る、まともなものなどないのだと。

だが、桜介は違う。

双子の姉を失った十年前から、彼は犯人に復讐するためだけにその命を燃やしてきた。他に生きる目的のない彼にはすでに、己の力で自身の心をセーブすることができなくなっている。

だったら、周りの人間が止めるしかない。

あの人の本心を知り、大切な人を傷つけられたという同じ痛みを分かち合える俺になら、きっとあの人を止められる。その手を掴んで、引き戻すことがきっとできる。

「俺がやらなきゃ」

賢志郎は顔を上げる。ただ前だけをじっと見つめる。

やっぱり間違ってるよ、犯人への復讐なんて。

だから、させない。そんなこと、絶対に。

「なにがあっても、どんな手を使っても、俺は硲さんを止める」

あの人を、殺人鬼になんてさせない。深い悲しみの先にあるのが、破滅だけなんて信じない。

刺し違えることになるかもしれない。

それでもいい。あの人を止められるのなら、それでいい。

そうしてようやく、賢志郎は気がついた。

今の自分にとって、それがもっとも譲れない想いだということに。

「そうか」

貴義は笑った。

「つくづくおまえらしいことを言ってくれる」

賢志郎は顔をしかめた。バカにされているのかと一瞬思ったが、すぐに勘違いだったことを悟らされた。

「オレのことはあと回しでいいぞ。なんなら最後でいい」

そう言って、貴義は賢志郎に背を向けて歩き出した。心地よい秋の風を受け、清々しく、軽快な足取りで、賢志郎から離れていく。

「貴義！」

大きな背中を、賢志郎は呼び止めた。貴義がゆっくりと振り返り、二つの視線がまっすぐ交わる。

「ごめん」

小さく謝る。穏やかに吹く秋の風に、貴義は言葉を乗せた。

「後悔すんなよ」

威勢のいい声に、はっとした。

そこにあったのは、二十四人の部員を率いる貴義の、キャプテンとしての顔。

「負けてもいい。ただし、最後まであきらめるな。大切なのは、敗北の絶望から立ち上がるための強さだ」

かけてもらったのは、貴義のもっとも好きな言葉。

大事な試合で勝てなかった時、彼はすぐに気持ちを切り替え、次のことを考え始める。他のメンバーが悔しさと悲しみに打ちひしがれる中、貴義だけは一瞬で、自分の力だけで絶望を蹴散らすことができる。

それが賢志郎の親友、笹岡貴義の強さであり、試合における司令塔である賢志郎ではなく、彼がチームを率いるキャプテンである所以《ゆえん》だ。

「あぁ」

賢志郎は答えた。

「『今がどん底なら、あとは這い上がるだけだ』。おまえはいつもそう言うよな」

「おう。それ以外にねぇからな」

「ったく、マジでうらやましいよ、おまえの超絶プラス思考が」

「そうか？　オレにはおまえみたいになんでも器用にこなせる力のほうがうらやましく思えるけどな」

賢志郎は苦笑いで肩をすくめた。

「無い物ねだりだな、俺たち」

「そんなもんだろ、人生。本当にほしいものなんて、たいていはそう簡単に手に入らねぇ」

完璧な人間なんていねぇよ、と貴義は笑い飛ばした。そうだな、と賢志郎も自嘲気味に相づちを打った。

貴義と肩を並べ、賢志郎は歩き出す。

答えは出た。今すべきことが一つに決まった。

迷いから解放された賢志郎の足取りは、ここ最近では一番の軽さだった。

2.

貴義と別れ、賢志郎は荷物を下ろすため二年E組の教室へと入った。

黒板の上部、壁に掛かった時計を見やる。八時二十分。今電話をかけて、桜介は出てくれるだろうか。

教室を出、C組の前に差し掛かる。教室内を覗き見るが、まだ杏由美の姿はなかった。

渡り廊下の隅で、賢志郎は桜介に電話をかけた。七コールほど待って、桜介は電話に出た。

『おはようございます』

かけてきたのが賢志郎だとわかっている口ぶりで朝の挨拶を述べた桜介に、賢志郎も「おはようございます」と返した。

「すみません、裕さん。この間、電話もらってましたよね」

『いえ、どうぞお気になさらず。体調はいかがですか？』

「もう平気です。電話もらった時、ちょうど寝込んでて」

『おやおや、それは大変でしたね。元気になられたようでなによりです』

「どうも。あの、それで」

『今朝のニュースをご覧になりましたか？』

桜介のほうから話題を切り出してきた。彼の勘のよさに驚きつつ、「はい」と賢志郎は答えた。

「もしかして、その人も」

『お察しのとおりです。被害者は聖ベルナール女子高校の制服を着用していて、持ち物のうち、セーラー服の白いリボンだけが犯人によって持ち去られたものと思われます』

やっぱり、と賢志郎は小さく漏らした。

聖ベルナール女子高といえば、県内では有名なお嬢様学校だ。小・中・高・大学を擁する学校法人で、中学・高校の制服は昔ながらのセーラー服。制服そのものが明紺で、リボンの色はセーラーに入っているラインと同じ白だったと記憶している。

配色はともかく、セーラー服姿の女子高生が腹を刺されたことに違いはない。胸のリボンが盗み取られていたのならば、これまでの一連の事件となんらかの関係があると考える他にないだろう。日曜日だった昨日、制服姿だったということは、被害者は部活動にでも出かけていたのだろうか。

「同一犯、ですか」

賢志郎が問う。『おそらくは』と桜介から返ってきた。

「ねぇ、硲さん」

はい、と桜介は神妙に答える。一瞬迷ったが、賢志郎は伝えるべきことを口にした。

「あゆが、襲われた時の記憶を取り戻したんです」

電話の向こうで、桜介が小さく息をのむ音が聞こえた。

『本当ですか』

「はい。まだ警察には届けてないんですけど、昨日俺に話してくれて」

『それで、彼女はなんと?』

桜介がいつもの冷静な口調を崩し、前のめるように尋ねてくる。賢志郎は落ち着きを払った声で答えた。

「あゆが言うには、犯人は若くて、眼鏡をかけた男の人だったそうです。身長はあゆより少し高めで、俺と同じか、俺より少し低いくらい。右手に刃物を持っていたらしいので、たぶん右利きの人間です」

桜介は黙っている。表情が見えない分、賢志郎の不安は膨らむ。

「なぁ、硲さん。あんた、右利きだよな？　背は俺より少し低くて、普段から眼鏡をかけてて、年齢の割に見た目が若い」

桜介の声も、息づかいも聞こえない。スマートフォンを握る右手に汗をかいた。

「あんたじゃないよな」

勇気を振り絞って、賢志郎は核心に触れた。

「答えてくれ、硲さん。あゆを襲ったの、あんたじゃないよな？」

祈るように問いかける。しばらくの間、桜介から答えは返ってこなかった。

十秒、三十秒、一分。どのくらい待っただろう。

やがて聞こえてきたのは、笑い声だった。

『賢志郎くん。僕は少々、きみのことを買いかぶりすぎていたようですね』

「はい？」

『いいですか。僕が殺したいのは咲良を殺した犯人だけです。その願いが叶っていない今、杏由美さんを襲って自ら捕まるような真似をすると思いますか？』

「それは……」

『ナンセンスでしょう。仮に僕が杏由美さんを襲った犯人だったとして、杏由美さんは今でもこの世界に生きている。いずれ記憶を取り戻し、僕にたどり着いてしまう可能性は十分考慮に値することです。僕なら真っ先に杏由美さんの口を封じることを考えます。このまま生かしておくというのはあまりにリスキーだ』

「けどあんたは、あゆからまだ証言が取れていないことを知ってる。あゆの記憶が戻っていないのなら、それこそリスクを冒してもう一度あゆの命を狙う必要はないはずだろ」

『なるほど、いい推理だ。道理にかなっています。しかし、残念ながらと言うべきか、きみの推理を完全に否定する材料が僕にはあります』

「え？」

『杏由美さんが襲われたのは、六月十日の午後六時四十分頃でしたね。その頃僕は、汐馬署の取調室にいました』

しまった、と賢志郎は天を仰いだ。

バカか、俺は。上辺《うわべ》だけの情報に踊らされ、肝心なところを考慮に入れていなかった。

事件当時のアリバイの有無さえ確認しておけば、桜介に杏由美を襲い得ないことなど簡単にわかったはずだというのに。

『同僚の刑事に確認していただければ裏は取れるかと思います。取り調べに同席していた者をご紹介しましょうか？』

「いえ、大丈夫です」

かかえ込んでいたモヤモヤを一気に吐き出すかのように、賢志郎は壁に背を預け、大きく息をついた。

「すいませんでした。疑うようなことを言って」

『とんでもない。僕に殺人願望があることをきみは前もって知っていたわけですから、そこへ客観的な情報が加われば、あらぬ方向に想像が膨らんでしまっても無理はない。少し冷静になって考えれば、否定する材料はすぐに見つかったかもしれませんね』

なにごとも経験です、と桜介は言った。一度疑われたにもかかわらずさわやかに切り返し、これが大人の対応というものかと賢志郎は半ば感心しながら、今一度「ごめんなさい」と謝罪の言葉を口にした。

『しかし、よく杏由美さんから証言を引き出せましたね。お手柄ですよ』

「いいえ、あゆが自分から話してくれたんです。俺はただ、なにもできずに熱出してぶっ倒れてただけなんで」

『そんなことはありません。きみの一生懸命な姿が、杏由美さんの心を動かしたのでしょうから。きみの熱意のたまものです』

嬉しそうに褒める桜介の声に、賢志郎は気恥ずかしさを感じた。照れ隠しの意も込めて、「どうも」とぶっきらぼうに返す。

『ところで、賢志郎くん』

「はい」

『差し支えなければ、僕も杏由美さんから直接お話を伺いたいと思うのですが、取り次いでいただくことはできますか？』

「もちろん。俺たちもいずれ警察に出向く予定だったんで」

『助かります。お越しいただくのもお手間でしょうから、僕が学校へお伺いしましょう。今日の放課後、なにかご予定は？』

「いえ、特に」

「では放課後、車でお迎えに上がります。くれぐれも杏由美さんには無理じいをしないように。あくまで任意の聴取ですので』

「わかってます。あゆのことは俺に任せてください」

『頼みます。では、のちほど』

はい、と答えて、賢志郎は電話を切った。過度な期待は禁物だとわかっていながら、これでまた一歩前に進むことができるはずだと、賢志郎は気持ちの高ぶりをなかなか抑えることができなかった。

不意に、どこからか視線を感じた。少し離れたところから、朝練を終えて教室にやってきた杏由美が賢志郎のことを見つめていた。

賢志郎は杏由美に駆け寄り「おはよ」と言った。杏由美もかすかに口角を上げ、挨拶代わりにうなずいた。

「今、警察の人と話したよ。おまえが記憶を取り戻したって」

さっそく賢志郎が動き出したことを知り、杏由美の表情が少し強張る。

「警察もおまえから話を聞きたいって言ってる。どう？　話、できそう？」

不安を目に宿しながらも、杏由美ははっきりと首を縦に振った。賢志郎はその頭にぽんと手を乗せた。

「大丈夫、俺も付き添うから。けど、絶対無理はするなよ？　つらいなら断ってもいい」

杏由美はスマートフォンを取り出し、手早く文字を打ち込んだ。

〈協力したい〉

顔を上げた杏由美の瞳に、もう迷いの色はなかった。わかった、と賢志郎は笑いかけ、二人はそれぞれの教室に戻った。

杏由美の覚悟を無駄にするわけにはいかない。賢志郎は気合いを入れ直し、桜介の来訪を待った。

放課後、杏由美が部活を休まなくてはならなくなったため、そのことを夕梨に伝えると、夕梨は賢志郎を見て「やるじゃん」と口の端を上げた。

「無理した甲斐があったね」

「だから無理なんてしてねぇっての」

「やだ、バカなのあんた？　今さら強がったってマジで意味ない」

「うっせ」

ぷいと賢志郎はそっぽを向く。夕梨が笑い、賢志郎もつられて笑った。

3.

六時間あった授業をそつなくこなし、やがて桜介が、賢志郎と杏由美を訪ねて左座名西高校にやってきた。

来客者用駐車場で桜介の到着を待っていた賢志郎と杏由美に、車を降りた桜介は丁寧に頭を下げた。隣で杏由美が緊張するのが伝わり、賢志郎は杏由美の手を取った。

スーツ姿の桜介に会うのははじめてだった。落ち着いた印象を与えるチャコールグレーは、彼の幼げな顔にはやや不釣り合いだと感じた。

場所を変えましょう、と桜介が提案し、三人は桜介の運転する車で高校のすぐ近くにある喫茶店に向かった。

　杏由美から証言を引き出すことができたとは伝えていたものの、まだ声が戻っていないことを言いそびれていたので、賢志郎はまず、杏由美が筆談をする旨の許可を桜介に求めた。桜介は快諾し、「なるべくイエスかノーで答えられる質問を心がけますが、必要に応じて紙に記していただけると助かります。杏由美さんのペースで、ゆっくり進めていきましょう」と気づかう言葉を杏由美にかけた。

　こうして桜介の姿を見ていると、賢志郎は複雑な気持ちになる。こんなにも優しくて穏やかな人なのに、彼は犯人を殺すために事件の真相を追っているのだ。

「では、さっそくですが」

　賢志郎がオレンジジュース、杏由美はミルクティー、桜介がホットコーヒーと、それぞれ注文した飲み物が揃ったところで、桜介による事情聴取が開始された。

「事件当時のことを、思い出されたそうですね」

　ド直球な質問に、杏由美はちらりと隣に座る賢志郎に目を向けた。賢志郎がうなずくと、杏由美はセーラー服の左胸ポケットから、昨日賢志郎に見せた例のメモ用紙を取り出し、桜介に手渡した。

「なるほど」

　内容を一読して、桜介はメモから視線を上げた。

「眼鏡をかけた若い男性、とのことですが、顔をはっきりとご覧になったということでよろしいでしょうか？」

少し戸惑った杏由美だったが、こくりと小さくうなずいた。

「その男に見覚えは？」

今度は首を横に振る。

「まったく知らない男だった？」

うなずいて肯定。

「どこかで会ったことがあるような気がするとか、そういった薄ぼんやりとした記憶でも構いません。犯人に心当たりはありませんか？　たとえば、よく行くコンビニの店員だとか」

杏由美は顔をしかめ、一生懸命思い出そうとした。しかし最終的に、彼女は首を横に振った。そうですか、と桜介は淡々とした口調で言った。

「ありがとうございます。では、質問を変えます。犯人の顔をはっきりとご覧になったとのことですが、眼鏡の他になにか特徴的な部分はありませんでしたか？　大きなほくろがあったとか、頬に傷があったとか」

杏由美は逡巡し、首を横に振る。すがるように賢志郎の左腕を掴み、潤んだ瞳で賢志郎を見上げた。

――どうしよう。私、なんの役にも立ってない。

杏由美の目がそう訴えかけてきた。賢志郎は固くしていた表情を緩め、優しく杏由美の背に触れた。

「大丈夫だよ。わかることだけ答えればいい。一瞬の出来事だったんだ。なにもかも覚えてるなんてことはあり得ないんだから」

ね？　と賢志郎は向かい側に座る桜介に視線を投げる。はい、と桜介も大きくうなずいた。

「杏由美さん、どうぞ気負いすぎないでください。このメモ用紙だけでも、十分貴重な情報をご提供いただいているんですから。さぁ、一度落ち着きましょう」

桜介は杏由美に飲み物を勧めた。促されるまま、杏由美はティーカップにミルクを注ぎ、ほんの少しだけ口をつけた。杏由美に気をつかってか、桜介もホットコーヒーのマグカップを傾けたので、賢志郎もオレンジジュースで喉を潤した。

「では、改めて伺います。今度は少し違った角度から」

再びメモに目を落としながら、桜介は聴取を再開した。

「犯人に後ろから腕を掴まれた、とのことですが、杏由美さん自身はその時どういった行動を取られていたんでしょうか？　腕を掴まれる前に、犯人のことを振り返りましたか？」

杏由美は首を横に振った。

「腕を掴まれるまで、犯人が背後に迫っていたことには気づかなかった？」

首肯する。

「一度すれ違った気がする、とこのメモにはありますが、相手は徒歩でしたか？」

こくりと杏由美の首が縦に動く。

「具体的に、すれ違ったのは腕を掴まれる直前のことでしたか？」

ここではじめて、杏由美の首が曖昧に傾いだ。「すみません」と桜介がすかさず訂正を入れた。

「少しわかりにくかったですかね。では、賢志郎くん」

「はい」

「きみの証言を信用するなら、杏由美さんの傘とスマホは、現場の公園の入り口の前に落ちていたんですよね？」

「そうです」

「だとすると杏由美さん、あなたが犯人に腕を掴まれたのは、公園の入り口の前、ということで間違いありませんか？」

今度ははっきりとうなずいた杏由美。桜介も満足げにうなずき返す。

「先ほどの質問に戻ります。杏由美さん、あなたが犯人の男らしき人物とすれ違ったのは、後ろから腕を掴まれる直前……つまり、公園の入り口に差し掛かった時のことでしたか？」

杏由美はなにか大切なことに気がついたような顔をして、リュックの中からペンケースと、透明な袋に入ったルーズリーフの束を取り出した。袋の中からルーズリーフを一枚抜き取り、ペンケースの中のピンク色のシャーペンを右手に握ると、カリカリと文字を綴り始めた。

賢志郎も桜介も、黙って杏由美のペンの動きを目で追った。書き上がった文章はこうだ。

〈立ち止まっていました〉

「立ち止まっていた？」

桜介が読み上げると、杏由美はすぐさま新たな文章を綴った。

〈公園の入り口から少し離れたところで。路地に入ってすぐくらいの場所でした。スマホを見ながら歩いてたので、気づくのがおくれてぶつかりそうになって〉

「実際にぶつかってはいない？」

こくりと杏由美はうなずいた。

〈全然動かなかったので、私がよけました〉

「その時の相手の表情や仕草はいかがでしたか？　顔は見えましたか？」

杏由美は首を横に振る。

〈かさでかくれて見えませんでした。そこからまっすぐ公園の入り口に向かって歩いて、後ろから腕をつかまれました〉

文章の最後のほうは、文字がやや震えていた。吐き出す息を揺らし始めた杏由美の背中を、賢志郎がそっとさする。

「おつらいところを申し訳ありません。もう少しだけよろしいでしょうか？」

努めて丁寧に桜介が申し出ると、杏由美はうつむいたまま首肯した。

「襲われた時、犯人はなにか言っていませんでしたか？　具体的な言葉でなくても構いません。叫んでいたとか、唸っていたとか、そういったことで結構です」

質問してきた桜介のことは見ず、杏由美は今一度ペンを走らせた。

〈声は聞いていません。でも、〉

手が止まる。なんと答えたらいいのか迷っている様子だ。

少し間があってから、杏由美はこう綴った。

〈おびえている感じでした〉

賢志郎と桜介が、同時に眉をひそめた。

「その時の犯人の様子、もう少し具体的に教えていただけますか？」

桜介が促すと、杏由美は再び手を動かした。

〈トイレに連れこまれた時、はじめてあの男の人の顔を見ました。私のことを、すごくこわがっているみたいでした。ユーレイを見たような目をしてて〉

幽霊、と賢志郎がつぶやいた。桜介は唇を指で触る。

〈一瞬のことでした。顔を上げた時には、もうおなかを刺されていたので〉

顔色を変えたのは賢志郎だった。

吐き気がした。『刺された』という文字列が、否応なしにあの日の記憶を連れてくる。

「賢志郎くん、大丈夫ですか」

「あ……はい」

桜介に気づかわれ、取り繕うように賢志郎はオレンジジュースを呷《あお》った。さっきまでまろやかな甘みがほどよく感じられていたのに、今はなぜか、柑橘類特有の苦みばかりが口の中に広がった。

賢志郎の右隣で、杏由美がリュックの中をまさぐり始めた。取り出したのはタオルハンカチで、賢志郎の額に浮かんだ玉の汗を拭った。賢志郎が「ありがとう」と言うのを聞きながら、杏由美はタオルハンカチをスマートフォンに持ち替えると、画面を手早くタップした。

ピロン、と賢志郎の端末が鳴る。

ただろ」

「大丈夫、なんでもないよ。てか、わざわざスマホ出さなくてもここに書けばよかっ

〈どうしたの？　大丈夫？〉

テーブルの上の紙とペンをさして苦笑する賢志郎に、杏由美は赤面してペロリと舌を出した。こうしたおっちょこちょいなところは、杏由美は昔から全然変わらない。

「杏由美さん」

不意に桜介が、やや身を乗り出すような格好で杏由美の名を呼んだ。

「つかぬことをお伺いしますが、あなた、もしかして左利きですか？」

へ？　と賢志郎が声を上げた。杏由美も目を丸くしている。

「すみません、実はさっきからずっと気になっていたんです。文字を書くのは右ですが、ミルクを注いだり、ルーズリーフを袋から出したりする動作はすべて左手でやっていました。今もそうだ。ハンカチを握っていたのも、スマホを触ったのも左手ですよね」

杏由美はスマートフォンに目を落とす。「そうですよ」と賢志郎が代わりに答えた。

「あゆは基本的に、なんでも左でやります。箸も、バレーも。文字を書くのだけが例外で、昔かよってた習字教室で矯正したんですよ」

な？　と賢志郎は杏由美を見やる。杏由美ははっきりとうなずいた。

小さな疑問を解消した桜介は、「そうでしたか」と昔を懐かしむように目を細くした。

「実は咲良も左利きなんですよ。なので、つい」

「へぇ、そうなんだ。あれ、でも硲さんは右利きだよな？」

「そうなんです。不思議ですよね、双子なのに利き手が違うなんて」

確かに、と笑った直後、賢志郎の脳裏に一筋の閃光がほとばしった。

「左利き」

一連の事件の情報が、脳内を駆け巡る。

女子高生。セーラー服。リボン。

雨。傘。携帯電話。

若い男。刃物。なにかに怯えたような顔。

咲良と杏由美は、左利き。

「そうか」

賢志郎の頭の中に、一枚の絵が浮かび上がった。

「俺と同じだったんだ」

未完成なその絵に足りないピースは、賢志郎が持っていた。

苦しみ続けた日々の中に、探し求めていた答えはあった。

「賢志郎くん？」

桜介が促すように賢志郎を呼んだ。隣に座る杏由美も、そっと賢志郎を覗き込んだ。

「わかったよ、硲さん」

右手でテーブルをパンと叩き、賢志郎は桜介に向かって言った。

「左利きだ。あゆも咲良さんも、左利きだったから襲われたんだ！」

身を乗り出して声を張った賢志郎を、桜介は要領を得ない顔で睨んだ。

「どういうことです？」

「思い出してみてくれ、あゆが襲われた時の状況を。あの日は雨が降っていて、あゆは傘を差して歩いてた。一方で、傘を持っていないほうの手にはスマホを握っていた。あゆ、思い出せる限りでいいから、その時の様子を再現してみてくれ。どっちの手に、なにを持っていたか」

突然のことに戸惑いつつ、杏由美は左手にスマートフォンを持ち、右手は傘を差している風に右肩の前で握った。

「なるほど」

桜介が納得したようにうなずいた。

「スマホの操作を片手でする場合、たいていは利き手を使いますからね。スマホを利き手に、傘を反対の手に持つというのはごく自然な動作です」

「そういうこと。まぁ別に、逆でもいいんだけど」

「逆？」

「要するに、この事件の肝は、犯人が目の前に現れた女子高生のことを左利きだと認識するかどうか。実際に左利きである必要はなくて、犯人が相手のことを左利きだと思い込むことが大事なんだよ」

「左利きだと思い込む？」

「そう。たぶん今回の犯人は、自分自身がある特定の条件下に置かれた場合にだけ、事件を起こしているんだ」

たった今組み上がったばかりの推理を、賢志郎は順序立てて語り始めた。

「今回の一連の事件の被害者は、みんなセーラー服を着ていて、手にスマホを持って歩いてた。特に暗くなってから被害に遭った杏由美や瀧沢ゆかりさんの場合、スマホ画面の光はよく目立ったはずで、日中より犯人の目に留まりやすい状況だったんじゃないかな。たとえば食事をしている最中なんかだと、箸を握る手で利き手が判断できるけど、外を歩いている時にはなかなか利き手なんて見分けがつかない。そんな状況の中で唯一と言っていい、利き手を判断する材料。それが、スマホを操作する手だったんだ」

「なるほど。どうりで被害者のスマホを調べても、なにも出ないはずです」

桜介は負けを認めるように苦笑した。

「きみからの依頼を受けて、三人の被害者のスマホに関する周辺事情を、思いつく限りすべて調べてみました。同一のウェブサイトにアクセスした形跡、怪しげなアプリの使用履歴、SNS上での交友関係、スマホのキャリアや契約した店舗。どれをとっても、三人に共通する点は見つかりませんでした。ですが、今きみが指摘したことが事実であれば、共通点が浮かび上がらなかったことにも納得できます。犯人の狙いは、携帯電話そのものや周辺事情ではなかったのですからね」

「うん。で、ここで気になるのは、犯人がなぜスマホを左手で操作してる子を狙ったのかっていうこと」

「そうですね。意図的に左利きでセーラー服を着ている女子高生を探し出してターゲットにしているのだとすれば、屋外よりも屋内で物色したほうがずっと効率がいい。たとえば先ほどきみが言ったように、食事をしているところなどであらかじめ目をつけておき、尾行して、人目につかない場所で襲うとか」

「そのとおり。たとえば犯人が意図して連続殺人を企てていたのなら、あんたが最初に指摘したように、もっと計画的に動いてもいいと思うんだ。それをわざわざ、見つかるかどうかもわからない屋外でターゲットを探すなんて、どう考えたって効率が悪すぎる」

「ですね。実際、犯人がこれまで襲ってきたのは、十年をかけて四人だけ。殺人欲求の充足が目的であれば、もっとうまく立ち回って、被害者の数を増やしていてもおかしくない」

「そう。となると、俺たちは必然的に見方を変えなきゃならなくなる。犯人は意図して殺人を犯しているのではなく、突発的に殺人を犯さなければならない状況に陥ってしまった、という風に」

桜介は黙って目を細めた。賢志郎は続ける。

「この仮定の裏づけになるのは、あゆから得た証言です」

「『犯人がなにかに怯えたような顔をしていた』という点ですか」

「そうです。たぶん犯人は、遠くから歩いてくるあゆの姿を見て驚いたんだ。セーラー服を着ていて、なおかつ、左利き。薄暗がりでも、スマホの画面が光っていれば離れていても自然と目がいく。犯人はターゲットを物色して歩いていたんじゃなく、ごく自然にあゆと出会って、襲った。襲わずにはいられなかった」

「偶然の出会いだとするなら、やはり犯人は地域住民でしょうか」

「もしくは咲良さんと同じように、左座名市民病院を訪れた人か」

ありえますね、と桜介は淀みなく同意した。

「裕さん」

「はい」

「これはなんの根拠もない、俺のただの推測なんですけど、たぶん今回の犯人ってXと同じ感じだと思うんです」

「X？」

「ほら、硲さんが前に話してくれたでしょ。お姉さんに性暴力を振るわれて、その時の苦しみから逃れられなくなった人の例。殺したはずのお姉さんにいつまでも襲われ続けているっていう妄想に取り憑かれて、Xはお姉さんの影を断ち切るために殺人をくり返すようになった。そんな話でしたよね」

　あぁ、と桜介はつぶやいた。ようやく思い出したようだ。

「今回の犯人もXと同じで、あゆや咲良さんの姿に誰かの影を重ねたんじゃないかなって。家族なのか、恋人なのかはわかんないけど、きっと過去にひどい目に遭わされたんだよ、犯人は。その相手のことが今でも怖くて、殺したいほど憎くて、その時味わった痛みや苦しみをずっと忘れられなかった。だから犯人は、街で偶然出会ったあゆや咲良さんを襲った。どれだけがんばっても、自分の力だけではどうしても抑えられない、ものすごく大きな恐怖や苦痛から逃れるために」

　テーブルの上に乗せられた賢志郎の手に力が入る。桜介は口を挟むことなく、賢志郎の話に耳を傾けていた。

「本当は、誰のことも襲いたくなんてなかったのかも。ただ犯人は、苦しみから逃れたい一心で、あゆや咲良さんに刃物を突き立てた。落ち着いて、普段どおり冷静に息をして過ごすためには、そうするしかなかったんだよ、きっと」

隣で杏由美が呼吸を揺らした。賢志郎は即座に彼女の肩を抱き寄せる。「ごめんな、怖い話をして」と耳もとでささやくと、杏由美はぎゅっと目を伏せ、唇を噛みしめて首を横に振った。

「まったく理解できない話ではないですが」

桜介は険しい表情で疑義を呈す。

「仮に今の話が真実で、犯人が過去の恐怖体験のフラッシュバックに悩まされているとしましょう。以前も指摘しましたが、刃物については誰かを襲うためではなく、護身用だったとすれば筋は通りますし、犯人が過去に犯罪被害に遭っているとする仮定を補強する材料にもなるでしょう。ですが、それにしては被害者の数が少なすぎる気がしませんか？」

うん、と答えながら、賢志郎は杏由美から離れた。

「俺もその点は疑問に思ったよ。右利きの人間のほうが多いといっても、日常生活の中で左利きの人に出会う確率はそれほど低くないと思う。そこに『セーラー服』という条件が加わればもう少し確率は下がるだろうけど、犯人にとってその子が左利きに見えればいいという仮定に基づくなら、やっぱり確率的にはそう低くはならないはずだ。十年で四人……ここまで数字が小さくなるとは思えない」

「なにか他にもターゲットを絞り込む条件があると、そう言いたいのですね？」

賢志郎はうなずいた。

「雨だよ」

「雨？」

「そう。硲さん、咲良さんが襲われた日、ひょっとして雨だったんじゃない？」

「ええ、そのとおりです。あの日は朝から雨が降っていた」

「やっぱりそうか。二件目の瀧沢ゆかりさんが殺された日も、あゆが刺された時も雨が降ってた。そして四件目……今朝のニュースで報道されたばかりの事件」

「ええ。昨日もひどい雨でした」

「な。四件とも全部、雨の日の犯行だ」

「本当ですね。雨そのものがストレス要因になっている可能性も考えられますが、雨ではなく、気圧の低下が犯人の心の不調の原因になっているのかもしれません」

「気圧の低下？」

「ええ。『気象病』とか『天気痛』とか言うそうですが、低気圧が原因で心身の不調を訴える人というのは、全国に何百万人という規模でいるらしいです。中にはうつ状態に陥る方もいるのだとか」

「そういえば横山がそれっぽいこと言ってたな。雨の日は頭が痛くなりやすいって」

隣で杏由美が大きくうなずいて返す。中学生の頃から偏頭痛に悩まされているのだと、いつだったか夕梨がぼやいていたことを賢志郎は思い出していた。

「とにかく」

桜介が言った。

「今のきみの推理が正しいとすると、犯人は過去に、自らも犯罪の被害に遭った経験のある人物だという話になりますね」

「うん。そういうのって、調べられたりするの？」

「日本全国からたった一人を探り当てるのは難しいですが、今回の場合、かなり的が絞れていますからね」

「男で、このあたりの土地勘がある若い人」

「さらに、杏由美さんの口を封じることなく新たな被害者を出していることから、杏由美さんが事件当時の記憶を失っていることを知り得る人物にも限定していいでしょう。警察関係者、マスコミ関係者、あるいは杏由美さんのご家族やご友人……目を覆いたくなるような途方もない数ではありません」

「そうか？　俺にはすげー多いように思えるけど」

賢志郎が顔をしかめるのを見た桜介は、口もとに自信を湛えてはっきりと言った。

「警察をなめないでいただきたい」

賢志郎は耳を疑った。まさかこの人の口から、そんな言葉が飛び出すとは。

「なんて」

そう言うと、桜介は二人の高校生に対し、にっこりと笑ってみせた。

「今のセリフ、一度言ってみたかったんですよ」

「は？」

賢志郎が拍子抜けしたような声を上げると、桜介は少しだけ笑みの色を変えた。

「僕が警察官でいるうちにね」

目の前のカップをそっと持ち上げ、静かに口もとへと運ぶ桜介。沈黙が降り、賢志郎と杏由美は顔を見合わせた。

「ありがとうございました、杏由美さん」

カップをソーサーに戻し、桜介はさわやかな笑顔を杏由美に傾けた。

「あなたのおかげで、僕の願いがようやく叶えられそうです」

賢志郎の右眉がぴくりと動く。杏由美はその言葉の意味を正しくとらえられなかったようで、曖昧に頭を下げた。

「せっかくですから、飲み物を飲んでから行きましょうか」

腕時計に目を落とす桜介につられ、賢志郎も店内の壁に掛かる時計を見やる。

知らぬ間に、午後五時を回っていた。


会計は桜介に甘え、賢志郎と杏由美は桜介の車で左座名西高校へと戻ってきた。自転車をそのままにして帰ってしまうと、明日の通学に支障が出る。

「まもなく日が暮れます。どうぞ、お気をつけて」

桜介も車を降り、丁寧に頭を下げて二人を見送る。二人もぺこりとお辞儀をして、駐輪場に向かって歩き出した。

賢志郎は、すぐにその足を止めた。

「あゆ、悪い。先に行ってて」

立ち止まった賢志郎を振り返った杏由美は、なにごとかと首を傾げる。

「すぐ行く。ちょっと硲さんと話をするだけだから」

努めてなんでもない風でそう言うと、杏由美はうなずき、一人で駐輪場へ向かった。

遠ざかっていく杏由美の背中をしばし見つめ、適当な距離ができたところで、賢志郎は運転席横の扉の前に佇んでいた桜介を振り返った。

「硲さん」

「はい」

「さっきの話。容疑者の男、どのくらいで調べられます？」

秋の陽は沈みかけ、空が紫に染まっている。

桜介は眼鏡を押し上げた。

「実は、少し心当たりがありまして」

「えっ、マジで？」

「はい。時間をかけて確かめたいことが一つだけあるのですが、それでも一週間はいただかずに済むかと」

賢志郎の胸がひときわ大きく脈打った。

おそらく桜介は、現時点ですでに犯人の目星がついている。彼の双眸からは自信の色が窺えた。

この時ようやく、賢志郎は自らの失策を悟った。桜介と話をするのではなく、杏由美を連れて左座名署へ行くべきだった。

止めるつもりだったのに、犯人を殺したい桜介に手を貸すことになってしまった。

一週間以内に彼の手は、最愛の姉を殺した犯人に届く。

彼は、彼の願いを叶えてしまう。

「ねぇ、硲さん」

声が震えないよう腹に力を入れ、賢志郎は言った。

「一つ、頼みがあるんだけど」

緊張しているのが伝わったのか、桜介も些《いささ》か表情を引き締めた。

「なんでしょうか」

「犯人がわかったら、俺に一番に教えてくれないかな」

桜介がわずかに眉を動かす。迷うことなく、賢志郎は言った。

「気が変わった」

短い一言に、想いのすべてを込めた。これだけ言えば、桜介には伝わるはずだ。

桜介は眼鏡の奥で目を細め、やがてその顔に氷のごとき冷笑を湛えた。

「もちろんです。誰よりも早く、きみにご連絡することをお約束しましょう」

ほしかった答えをもらい、賢志郎は黙って頭を下げた。そのままくるりと桜介に背を向け、杏由美の待つ駐輪場へと駆けていく。

これでいい。こうするしかない。

賽《さい》は投げられた。俺の手で、この長い闘いに決着をつける。

賢志郎の決心は固い。闘いが終わった先に、必ず明るい未来が訪れるのだと信じている。

杏由美の姿が見えてくる。

賢志郎をまっすぐ見つめるその瞳は、ただ不安だけを映していた。

4.

桜介から連絡が入ったのは、それから三日後のことだった。

左座名市内のとある住所を告げられた。放課後、賢志郎は一人きりでその場所へと向けて自転車を走らせた。

指定されたのは、賢志郎や杏由美がかよっていた中学の学区ではなく、夕梨の出身中学の学区内にある場所だった。賢志郎にとってははじめて走る道で、時折スマホの地図アプリに頼りながら、その場所を訪れた。

郊外にある廃墟だった。

さほど大きくない、かつては商業ビルだったらしい建物の一階部分。開きっぱなしになっている扉をくぐり、ゆっくりと、慎重な足取りで奥へと進む。スニーカーが床をこする音がやけに大きく響き、足を踏み出すたびに緊張感が高まっていった。

午後四時十五分。

宵闇の迫る廃墟の中は、ほとんど暗がり同然だった。進めば進むほど、室内は暗く、埃《ほこり》っぽくなっていく。息を吸うたびに肺を痛めつけているような気がして、賢志郎は顔をしかめ、ゆるく丸めた右の拳で鼻と口を覆った。

しばらくすると、賢志郎の他にもう一対《いっつい》の足音が聞こえてきた。立ち止まって耳をすますと、どうやら前方からこちらへ近づいてきているようだとわかる。

「賢志郎くん」

桜介だった。賢志郎はしかめっ面のまま、かすかに首を動かした。

桜介は小さく「こちらです」とだけ言い、賢志郎を引き連れて建物のさらに奥へと進んだ。

窓のない、光を遮断された通路を行く。視界はほぼない。桜介はすでに目が慣れているのか、迷いなく足を踏み出していく。その気配と足音を見失わないように、賢志郎は気を張って歩いた。

やがて扉に突き当たり、桜介はためらうことなく押し開けた。扉の隙間から漏れ出した白い光にようやく視界を取り戻し、まぶしさを覚えて目を細めた。

桜介に促されるまま、部屋の中に入る。西側の窓から夕陽が差し込んでいた。

白とライトグレーが基調の、がらんとした横長の広い部屋だ。なにかの会社のオフィスだったのだろうか、バスケットコート一面ともう少し、といった広さで、ところどころにビル全体を貫いているらしい太い柱がある。デスクなどのオフィス用品が置かれていないためか、やたらと奥行きを感じて遠近感を失う。

そこだけ日常から切り離されたような、ぽっかりと穴があいたような空間の中、扉をくぐった賢志郎の真正面に、椅子にくくりつけられた一人の男の姿があった。

カーキのブルゾンに、下はジーンズ。やや太めの黒いフレームが特徴的な眼鏡をかけ、その男は虚ろな目をして賢志郎を睨んでいた。

「覚えていますか」

男に目を向け、桜介は静かに口を開いた。

「以前、僕には警察官として尊敬する先輩がいるという話をしましたね」

「あぁ、確か交番勤務時代にお世話になった人だって……」

言いかけて、賢志郎は息をのんだ。

「まさか」

はい、と桜介は椅子にくくられた男に冷ややかな視線を注いだまま告げた。

「粟野《あわの》誠《まこと》巡査部長。汐馬警察署地域課、美栄《みえい》交番勤務。僕が警察官になった当時、はじめて配属になった瀬鞠川市内の交番で、僕の指導にご尽力いただきました。そして」

睨むように、蔑むように、桜介の闇色の瞳が、椅子の上で身を固くする粟野を見下ろす。

「この男が、僕の姉、硲咲良を殺した犯人です」

背筋が凍った。全身がぶるぶる震え出す。

この人が。

この男が、三人の女子高生を殺した犯人。

そして、杏由美のことを刺した男。

「根拠は」

指先が冷たくなるのを感じ、賢志郎は必死に拳を握りながら尋ねた。

「この人が、犯人だっていう根拠は」

桜介はスーツの胸ポケットから、折りたたまれた一枚のA4用紙を取り出した。

「科捜研にいる知り合いに、DNA鑑定をお願いしました」

「DNA鑑定?」

「ええ。交番に置かれていた制帽から拝借した粟野さんの毛髪と、咲良の遺体から採取された皮膚片。この二点を提出して、鑑定していただきました。結果、九九パーセント同一人物のもので間違いないとのことでした」

鑑定結果を記した紙を開き、桜介は賢志郎に見せるように顔の横に掲げた。

薄暗くて読みにくかったが、賢志郎は紙に書かれた文字をどうにか追う。高度に専門的な内容のためほとんど理解できず、下のほうに小さく書かれた『一致』という文字だけが目に飛び込んできた形だった。

栗野が一瞬、黒縁眼鏡の奥の瞳を揺らした。すぐにあきらめたような笑みをこぼし、黙ったまま視線を下げる。

「裕さん」

胸のざわつきを覚えながら、賢志郎は桜介に問う。

「言ってたよな、あの日。あゆと三人で話をしたあと、駐車場で『心当たりがある』って。それがこの人だったってこと?」

「はい。杏由美さんが話してくださった犯人の容姿。きみの推理である『犯人自身が犯罪被害者であり、警察関係者の可能性がある』という話。そして、それぞれの事件現場が比較的狭い地域であったこと。これらを総合的に勘案した結果、栗野さんを真っ先に疑うに至りました」

賢志郎はちらりと栗野の姿を見やる。これまで一度も口を開いていない彼だが、今の桜介の言葉にも異を唱える様子はない。

「栗野さんが左座名市のご出身であることは以前から知っていました。調べたところによると、お母様が心臓を患い、十二年前から左座名市民病院への入退院をくり返していらっしゃる。直近では、今年の五月から約二ヶ月間入院されていた」

「あゆが襲われたのは六月十日。ちょうど入院期間中だ」

「ええ。粟野さんの勤務実績を調べましたが、杏由美さんが被害に遭った六月十日は非番日でした。ですが、午前九時の交代直前に変死の通報が入り、結局その日の午後三時半頃まで残業になってしまった。間違いありませんね、粟野さん？」

　粟野は答えない。間違っていないからなにも言わないのか、答える気がそもそもないのか。

　桜介は続ける。

「粟野さんは昔から、二十四時間勤務のあとに車で帰る自信がないと、通勤は常に公共交通機関を利用していました。六月十日もそうだったでしょうね。勤務終了後、美栄交番から汐馬署へと戻り、汐馬署の最寄りである汐馬駅から電車に乗り、左座名市駅で降りて、徒歩で左座名市民病院へと向かった。杏由美さんの証言から想像するに、粟野さんは事件当日、お母様を見舞いに左座名市民病院を訪れたあと、帰宅するため駅に向かって歩いていた。その日は雨が降っていましたから、彼も迷わず最短ルートである公園内を横切ったはずです。そして、公園の入り口を出たところで、セーラー服をまとい、左手で器用にスマホを操作しながら歩く杏由美さんに出くわした」

　粟野が静かに目を伏せる。その額に汗がにじみ始めたことを賢志郎は見逃さなかった。

「粟野さんには十五歳の頃、二つ年上で当時高校生だったお姉さんに首を絞められて殺されかけた過去があります。今から十五年前、嵐のような夕立ちの降った、真夏のことだったそうですね」

感情の宿らない乾いた声で、桜介は粟野に語りかける。粟野はいよいよ肩で息をし始めた。

「昔から姉弟《きょうだい》仲のよくなかったというあなたとお姉さんですが、ご両親が共働きということもあり、その日は二人きりで家にいた。もう少し正確に言うと、もともとあなたが一人でいたところへ、お姉さんが部活を終えて帰宅したんでしたね。そうして顔を合わせるなり、二人の間で諍《いさか》いが起こり、日頃の不満を募らせたお姉さんが激昂。取っ組み合いの喧嘩になった。男であるあなたに力では到底敵わないと悟ったお姉さんは、咄嗟にあるものを武器にすることを思いつきます」

賢志郎がかすかに首を傾げると、桜介は立てた右の人差し指で、自らの鳩尾《みぞおち》あたりをつんと突いた。

「制服のリボンです」

あっ！　と賢志郎は目を大きくした。

「そうか、リボンで首を絞められたんだ！」

「ええ。これで犯人が被害者の制服のリボンに固執していた理由もはっきりしました。犯人にとって、セーラー服に結ばれているリボンは、過去の忌まわしい記憶の最たるもの。これは僕の勝手な推測ですが、おそらく犯人が被害者たちの腹部を刃物で刺したのは、腹を刺すことが目的だったのではなく、リボンを貫きたかったのではないかと」

桜介の見解どおりだろうと賢志郎も納得した。栗野は依然として固く口を閉ざし、荒い呼吸をくり返しながらきつく目を閉じていた。

「十五年前の殺人未遂の話に戻ります。リボンを凶器に襲いかかってきたお姉さんは、あなたの首にそれを巻きつけて絞めた。姉の凶行からあなたはやっとの思いで逃れ、家の外に飛び出した。地面をバタバタと打ちつける土砂降りの雨の中、あなたは助けを求めて叫び、走った。その後ろを、お姉さんが鬼の形相で追いかけてくる。左手にリボンを握りしめて」

賢志郎はその場面を想像した。腹の底から、得体の知れない恐怖が這い上がってくる。

「やがてご近所の方が異変に気づき、あなたは保護され、お姉さんは警察に連行されることとなりました。もともとお姉さんは精神が不安定になりやすい方だったそうですね。学校の先生やご近所の方から心配されるほどだったとか。彼女を取り押さえた方々を相手にひとしきり暴れたというのに、警察に連れていかれてからも暴言を吐き続けていたと聞きました。そしてお姉さんは、左座名署の留置場で自らその命を絶った。強い力で、壁に頭を打ちつけて」
　賢志郎は顔を歪ませ、右手で口もとを覆った。
猛烈な吐き気がせり上がってきた。全身から血の気が引いていくのを感じ、立って
いるのがやっとだった。
「この事件をきっかけに、あなたは心に深い傷を負った。実際、事件の影響でしばら
くは専門医による治療を余儀なくされたそうですね。そして今でも、その事件のこと
が忘れられない。十五年が経ち、大人になっても、あなたは自殺したはずのお姉さん
の幻影に囚われている」
　粟野が完全に下を向いた。もしも両手が自由であったなら、耳を塞ぎたいに違いな
い。
「日常的に刃物を持ち歩いていたのは護身のため。いつ、どこで、誰に襲われるかわ
からないという恐怖心が自然とそうさせたのでしょう。五年前の瀧沢ゆかりさん殺害
事件の際、あなたはかつて僕が配属された瀬鞠川市内の交番にまだ籍を置いていた。
そして事件当日のあなたの勤務は非番。あなたは独り身で、転勤になるたびに家を引
っ越していた。五年前の住所を調べましたよ。あなたが当時住んでいたのは瀬鞠川市
内。それも、ゆかりさんが襲われた場所からほど近いアパートだった」
　桜介が声に怒りの色を乗せ始める。一抹の不安を覚えた賢志郎の手に、自然と力が

入った。

「非番日ですから、夜間に一人で出歩いていてもなんら不思議はありません。現場から少し歩いたところにコンビニがありますから、酒のつまみでも買いに出たのでしょう。そこで偶然、塾帰りのゆかりさんと出くわし、犯行に及んだ」

「やめろ」

ここではじめて、栗野が低く声を上げた。

「頼む、桜介。もうやめてくれ。認める。認める。認めるから、もう」

コンクリートに囲われ、冷え切った部屋の中とは思えないほど、栗野はびっしりと汗をかいていた。瞳は恐怖一色に染まり、見ているほうが胸に痛みを覚えてしまうほど、その呼吸は浅く、荒い。

「全部おれがやったことだ。桜介……おまえのことは、おまえがおれのいた交番に送られてきた時からずっとわかってたよ。最初に殺した女の子に、おまえはあまりにも似すぎてた」

双子なんだろ、と栗野は問う。桜介は動じることなく、栗野の姿を見下ろした。

「あなたでなければいいと思っていました」

桜介が言うと、栗野はやや表情を変えた。

「僕は本当に、あなたのことを尊敬していた。警察官としてのあなたの姿は、誰の目にも立派に映ったでしょう。交番勤務時代にあなたの指導を仰げたことを誇りに思ってさえいたんです。だから」

いつもは穏やかな桜介の声が、怒りと悔しさをないまぜにしたようなものに変わる。

「犯人像が浮かび上がった時、真っ先にあなたのことを疑った。ですが同時に、僕は僕自身のことを疑いました。なぜおまえは栗野さんのことを真っ先に思い浮かべたのかと。あの人にどれほどお世話になったと思っているんだと」

桜介の拳が震える。多くを語らずとも、彼の心中は賢志郎にも理解できた。

「咲良が遺《のこ》してくれた皮膚片のことは常に頭にあったので、DNA鑑定さえすれば答えははっきりするとわかっていました。県警まで出向いて科捜研にサンプルを持ち込んだ時は、祈るような気持ちでしたよ。あなたでなければいい、一致しなければいいと、心からそう思った。なのに！」

ずっと悔しさが先行していたが、ここで怒りの感情が大きく前へと進み出る。瞳の中で真っ赤な炎を燃やす桜介に、栗野が「すまない」と涙声で頭を下げた。

「本当に悪いことをしたと思ってる。すまなかった。でも、聞いてくれ。おれ一人の力ではもう、どうすることもできないんだ」

栗野の頬を、一筋の涙が伝う。

悲しくて流すそれではない。途方もない無力感、歯がゆさ、悔しさ。やり場のない感情が、涙となってあふれ出す。

「ガキの頃、姉貴の左手に何度も何度も殴られたんだ。親でさえ、姉貴の暴力には手がつけられなかった。いつか姉貴に殺されるんだって、ずっとそう思いながら生きてきた。同じ屋根の下で暮らしている以上、長くは生きられないかもしれないって。でも、いざ首を絞められてみると、やっぱり怖かったんだ。死にたくなかった。やり返せばよかったのに、それさえも怖くてできなかった。首に巻かれたリボンを力ずくで剥ぎ取って、姉貴を蹴り飛ばして逃げ出すので精いっぱいだった。誰かに助けてほしかった。家にいたって、誰も助けてくれないから。だからおれは外へ逃げた。全然前が見えないくらいの大雨が降ってて、叫んだ自分の声さえも聞こえなくて、ただ雨音が、道路を打つ雨音だけが、ずっと耳の奥で聞こえてる。今でも、ずっと」

堰《せき》を切ったように、粟野の口から忌まわしい過去が語られていく。賢志郎は激しい胸の痛みに顔をしかめ、桜介は冷たい視線を粟野に注いだ。

「最初に市民病院の近くで襲った子……桜介、おまえにそっくりなあの子だ。あの子がおれの前に現れた時、死んだはずの姉貴が生き返って、またおれを痛めつけに来たんだと思った。一度そう思っちまったらもうおしまいだ。気づいた時にはその子のことが姉貴にしか見えなくなってた。姉貴に首を絞められてから、おれは次にいつ襲われてもいいように、反撃するための武器を持ち歩くようになった。ナイフだ。姉貴を一発で仕留めるためのナイフ。使い方なんて持ち始めた当時はてんでわからなかったけど、それでも備えていなくちゃいられなかった。このナイフさえあれば姉貴に勝てる。丸腰で、ただひたすらに耐えて、逃げるばかりのおれじゃない。今のおれには武器がある。そう思った次の瞬間には、あの子を公園のトイレまで引きずり込んでた」

絶叫したい気持ちを、賢志郎は懸命にこらえた。とてもじゃないが、冷静に聞いていられる話ではなかった。

その先のことは、語られずとも容易に想像がついた。必死に抵抗したという第一の被害者、硲咲良は、最終的に腹部を五ヶ所も刺されて殺された。

目の前に座るこの男が刺し殺したのだ。忌々《いまいま》しい姉の幻影を断ち切るために。

四ヶ月前の、血まみれになった杏由美の姿が蘇る。杏由美もまた、この男に腹を刺された。

こいつが、あゆを。

拳を握る。吐き出す息が揺れる。

怒り狂いそうだった。

目の前に座るこの男のことが、戯れ言ばかりを語り続けるこの弱虫な殺人犯のことが、憎くて憎くてたまらない。

「賢志郎くん」

　桜介の声が耳に届く。

「大丈夫ですか」

　賢志郎は答えなかった。なにをもって大丈夫とするのか、判断基準が明確でない問いだ。

「桜介」

　粟野が青い顔で尋ねる。

「この子は？」

「彼は第三の事件の被害者、三船杏由美さんのご友人です。刺された杏由美さんを最初に発見したのが彼でした」

「そうか。きみにも申し訳ないことをしたね。本当にすまなかった」

「うるせぇ！」

　粟野を見ないまま、賢志郎は叫んだ。

「聞きたくねぇよ、そんな上《うわ》っ面《つら》だけの言葉！」

　辛辣《しんらつ》な一言に、粟野はうなだれ、息をついた。

「そうだな、本当にそのとおりだ。一人めの子を殺《や》ってしまった時、素直に自首していればよかったんだ。なのにおれは、そこでもまた姉貴の影に惑わされた。全部姉貴が悪いんだ、おれが殺したのは姉貴だ、正当防衛だったんだ、って。そんなしみったれた被害妄想が、おれの頭を支配していた」

言い終えるか否かというタイミングで、賢志郎は地を蹴り、粟野めがけて駆けた。

鈍い音が、だだっ広い室内に響き渡る。

賢志郎の右の拳が、粟野の頬を殴りつけた。

「もういい」

地獄の底から這い上がってくるような声で、賢志郎は言った。

「それ以上なにも言うんじゃねぇ。殴るだけじゃ気が済まなくなる」

「構わないさ」

粟野はあきらめたように笑った。

「なぁ、桜介。おれを殺すつもりで、ここへ連れてきたんだろ？」

桜介の無表情に拍車がかかる。彼は静かに、スーツの内ポケットから折りたたみ式ナイフを取り出した。

「考えられる限りの手を尽くして、あなたを痛みと苦しみの谷底へ叩き落としたあとで」

「そりゃあいい。おれに似合いの死に様だ」

覚悟を決め、すべてを受け入れた粟野の目が、無言のまま桜介に訴えかけていた。

さぁやってくれ、おまえの気が済むまで、と。

桜介が一歩、粟野に近づく。

一歩、また一歩。沈黙の中、桜介の足音だけが大きく響く。舞い立つ埃には目もくれず、桜介は淡々と足を動かした。

桜介と粟野の距離が縮まる。五メートル。四メートル。

残り三メートル弱になったところで、賢志郎が二人の間に割って入った。まっすぐ桜介にからだを向け、粟野には背を見せる。

桜介が足を止めた。賢志郎は、上向けた右手を彼に差し出す。

その意図を察し、桜介は口の端を上げた。刃の部分を持ち、銀色の柄を賢志郎の右手に載せる。

「殺さないでくださいね」

桜介の声が弾んで聞こえた。

「きみは案外、気が短いようですから」

賢志郎は黙ったまま、受け取ったナイフに目を落とした。

いつか見た夢の光景が脳裏を過る。白くぼやけた夢の中で、このナイフは、粟野の耳を削ぎ落とした。

あの夢の光景が今、現実として目の前で再生されようとしていた。こうして犯人と対峙し、この手にナイフを握る日が本当に来た。

だが、あの日の自分はもういない。悪魔のささやきに耳を貸し、犯人を痛めつけた俺じゃない。

今の俺には、やらなきゃならないことがある。

もう絶対に迷わない。

揺るぎない想いを胸に、ここへ来た。

「わかってるよ」

そう答え、賢志郎はナイフの切っ先に左の人差し指を当てた。

「一発殴って満足した」

伸ばされた刃を折りたたみ、鈍い光を帯びるシルバーの塊《かたまり》になったそれを、部屋の隅に向けて投げ捨てた。

カチャン、と無機質な音が鳴り響く。桜介の顔が不快に歪んだ。

「どういうつもりですか」

「どうもこうもねぇよ」

明確な、芯のある声で、賢志郎はまっすぐ桜介の胸に言葉を投げ込んだ。

「あんたには、誰も殺させない」

ぶれない瞳が桜介を射貫く。桜介は賢志郎を睨みつけた。

「僕を騙《だま》したんですね」

「人聞きの悪いことを言うなよ。俺はただ『気が変わった』って言っただけだ。どう解釈するかはあんた次第だろ」

桜介は不機嫌そうに鼻を鳴らした。

「きみの減らず口は、出会った頃から少しも変わりませんね」

「なんだよそれ。俺は事実を口にしてるだけだけど？」

「その辺にしておくといい」

桜介は右手を腰の後ろに素早く回してなにかを掴み、賢志郎の眼前に腕を伸ばした。

「たとえきみでも、僕の邪魔をすることは許さない」

一丁の拳銃が、賢志郎の額に向けて構えられた。賢志郎は一瞬たじろいだが、すぐに肩の力を抜き、両手を制服のズボンのポケットに突っ込んだ。

「いいのか？　それ、警察で支給されるあんた専用の銃だろ。使ったらあんたの犯行だって一発でバレちまうんじゃねぇの」

「構いません。すべてのことが終わったら、僕も命を絶ちますから」

そうだろうなと、賢志郎はほとんど確信を持って思っていた。

桜介のこの十年間は、姉の復讐のためだけにあった。それを完遂してしまえば、この先の人生を生きていく理由が彼にはなくなる。自死を選ぼうとすることは容易に想像できた。

だからこそ、彼には誰も殺させたくなかった。

犯人である栗野はもとより、彼自身のことさえも。

「なぁ、裕さん」

「はい」

「ちょっとだけ、俺の話をしていいか？　ものすごく恥ずかしい話なんだけど」

桜介は返事をしなかった。それを肯定と受け取り、賢志郎は語り始めた。

「あんたも知ってるとおり、俺とあゆは幼馴染みだ。誕生日は二日違いで、生まれた病院も同じ。家も隣で、母親同士は歳が近くて友達みたいな感じ。俺には兄貴が一人いるけど、六つも年上なせいでほとんど一緒に遊んだ記憶がない。俺にとっては兄貴より、あゆと過ごした時間のほうが長かったんだ」

もうずっと見ていない、杏由美の笑顔が脳裏を過る。

あの頃のように、もう一度あゆに笑ってほしい。ただその一心で、賢志郎は今日まで走り続けてきた。

「毎日毎日一緒にいて、喧嘩だって何度もしたよ。そんな日々を過ごすうちに、あゆはいつの間にか、俺の考えてることがわかるようになってた。俺がどんな気持ちでいて、体調がどうで、なにをしようとしているのか。言葉にしなくても、あゆは俺のことをほとんど正確に理解してくれた。背中を押してくれることもあるし、間違っていれば止めてくれることもある。兄貴や母さんなんかより、あゆに言われる一言のほうがハッとすることが多くてさ。こいつには一生敵わないなって、本気でそう思ってる」

でも、と賢志郎は眉尻を下げた。

「俺にはわからねぇんだ、あゆの考えてることが。いや、わかることもあるよ。そりゃあ毎日一緒にいれば、行動や思考のパターンなんて嫌でも見えてくるさ。けど、俺はいつだって、肝心な時にあゆの気持ちがわからない。男ってきっとバカなんだよな。相手に寄り添っているつもりでいて、実はただ自分が見栄を張りたいだけだったりさ。もっと根本的な問題で、俺ら男よりも、女子のほうが相手の気持ちの変化に敏感だったりするのかもな」

話していて、どんどん情けなくなってくる。男は強くてたくましいように見えて、精神面では案外、女よりもずっと弱く、頼りなかったりするのかもしれない。

「とにかく、俺はいつも大事なところで間違える。あゆのことになればなおさらだ。周りが見えなくなって、間違ったほうに走っていても、自分ではさっぱり気づけない。あゆに手を引かれるまで、俺はバカ正直に、間違った思考を信じ続けちまう。あゆのためを思って動いていたつもりでも、実はあゆは全然喜んでなんていなかった、とかさ。そんなことばっかりで」

桜介は口を挟むことなく、銃を構えたまま賢志郎の話に耳を傾けていた。彼がなにを思っているのかわからなかったが、賢志郎は語り続ける。

「俺とあゆはきょうだいじゃない。ただの幼馴染みだ。それでもあゆは、俺の気持ちを察してくれる。誰よりも正しく、俺のことを理解してくれる。なぁ、硲さん。咲良さんも、生きていた頃はあゆみたいに、あんたのことをよく理解してくれてたんじゃない？」

桜介の眉がわずかに動く。銃を握る手に力が入った。

「俺たちとは違って、あんたと咲良さんは血を分け合った姉弟だ。あゆに俺の気持ちがわかって、あんたたちが気持ちを分かり合えないはずがない。特にあんたは、咲良さんのことをすごく大切に思ってた。咲良さんだってきっと、あんたのことを誰よりも大切に思ってたはずだ。そんな咲良さんが、あんたに復讐をさせたいなんて願うと思うか？」

桜介が視線を泳がせた。少しは響いているようだとわかり、賢志郎は懸命に言葉を紡いだ。

「瀧沢ゆかりさんのお母さんが言ってたよ。犯人のことを殺したい、けど、ゆかりがそれを許さないだろうって。俺、それ聞いてめちゃくちゃ納得したんだ。犯人を憎んだり恨んだりする気持ちって、遺された人みんなが持つ感情だけど、それを復讐という形で犯人に向けてしまうことを、被害に遭った人たちは誰一人望んでないのかもしれないなって」

杏由美は言った。犯人なんて捕まえてくれなくていいと。そんなことよりも、もっと大切なことがあるはずだと、杏由美は言外にそう伝えたかったのではないか。

今だから、賢志郎は冷静にそう判断することができる。杏由美の想いを、正確に推し量ることができる。

「咲良さんだって同じだよ。あんたが復讐に手を染めることなんてきっと望んでない。犯人が見つかったなら、素直に罪を認めさせて、償いの時間を与えてやる。それが咲良さんの願いなんじゃないのかな」

「黙れ！」

乾いた銃声が響き渡る。桜介は腕を横に伸ばし、壁に向かって弾を放った。

「わかったような口を利くな」

うつむき、低く出した声で桜介は言う。拳銃から発せられた突然の轟音に、賢志郎は目を見開いた。

「きみは咲良を知らない。咲良がなにを思っているかなんて、きみにわかるはずがない！」

「あぁ、そうさ。俺にはさっぱりわかんねぇよ。けどあんたにはそれがわかるだろって言ってんだ！」

「わかりますよ！　咲良は復讐を望んでる！」

「あんた、それ本気で言ってんのか」

「当たり前じゃないですか！　僕はいつだって本気ですよ！」

「いい加減にしろよ！」

賢志郎が声を張り上げた。

「復讐は咲良さんの望みじゃない！　あんたの願望だ！」

「違う！」

「違わねぇ！」

銃声。

今度は賢志郎の足もと目がけて、桜介は銃の引き金を引いた。

「きみこそ、いい加減にしてください」

桜介は腕を持ち上げ、賢志郎の額に銃口を向ける。

「次は頭を撃ち抜きますよ」

賢志郎は揺らがなかった。もとより覚悟は決まっている。

やるべきことはただ一つ。この人の手を引いて、踏みとどまらせることだけだ。

「硲さん」

落ち着いた口調で賢志郎は言った。

「あんたたち、双子なんだろ。生まれた時から、いや、生まれる前からずっと、あんたと咲良さんは同じ時間を過ごしてきたんだ。目の前にその姿がなくても、声が聞こえてこなくても、それでもあんたたちは、互いに互いの思っていることがわかる。手を触れることも叶わない、遠く離れたところにいたとしても、咲良さんはきっと、あんたのことを誰よりも理解してる」

賢志郎が一歩踏み出す。あと一歩前に出れば、銃口が額に触れる。

「胸に手を当てて聞いてみろよ、あんたのことを心から大切に思ってくれてるお姉さんの声を。咲良さんは本当に、あんたに復讐してもらうことを望んでるのか？」

銃を握る桜介の右手がガタガタと震え出した。

賢志郎に諭されなくたって、本当は彼もわかっているのだ。

咲良の願いが。天国にいる咲良が今、どんな顔で双子の弟を見つめているのか。

「だったら」

歯を食いしばった顔を上げることなく、桜介は声を絞り出す。

「だったら僕は、この気持ちをどこにぶつければいいんですか」

「悪い。それは俺にもわからない」

「わからない⁉」

怒りに満ち満ちた目で、桜介は賢志郎を睨んだ。

「じゃあきみは、僕にどうしろと言うんですか！　このどす黒い感情をずっとかかえたまま生きていけってことですか！」

「仕方ないだろ！　怒りに任せて相手を傷つけてたんじゃ、あんたのやってることは結局この人と同じってことになっちまうじゃねぇか！」

賢志郎は後ろ手に粟野を指さす。

「自分で自分を制御できなかったらなにをしてもいいのか？　違うだろ。今あんたがやろうとしてるのはそういうことだよ。やり場のない感情に振り回されて、殺す必要のない人を殺して。あんたのそうした行動が許されるなら、この人の罪だって許されることになっちまうんだぞ！」

桜介は賢志郎の肩越しに粟野を見た。背を向けている賢志郎には粟野の表情が窺えない。

粟野は今、どんな目をして桜介を見ているのだろう。そんなことをちらりと思ったが、振り返ることなく桜介に言葉を投げかけ続ける。

「あんた、この前言ったよな？　正当な理由があるのなら、人を殺してもいいんだって。なぁ、あんたの言う『正当な理由』ってなんだ？　三人の命を奪ったことか？　だったらこの人が咲良さんを殺したのだって、お姉さんから受けた暴力の恐怖から逃れるためだったわけだろ？　それがこの人にとっての『正当な理由』じゃない根拠はどこにある？　ないだろ。そういうことだよ。あんたもこの人も、屁理屈で自己を正当化して、それが絶対的な正しさだって信じてる。同じだよ、二人とも」

桜介の歯の隙間から、苦しげな、呻くような声が漏れた。

硲さん、と賢志郎は今一度桜介の名を呼んだ。

「もうやめよう。この人を傷つけたら、同時にあんただって傷つくことになるんだ。俺だってこの人のやったことは許せないし、許す必要だってないと思う。ただ俺たちにできることは、この人に罪を認めさせて、きちんと償わせることだけだよ」

桜介ならわかってくれる。そう信じていたけれど、桜介はまだ納得できないでいるのか、なかなか銃を下ろそうとしない。

ゆっくりと、賢志郎は桜介に歩み寄る。

銃口が額に触れた。桜介はほんの少しだけ驚いて、銃を構え直す。

恐怖心は少しもなかった。桜介のことを信じると決めている。

賢志郎の右手が、銃身に重ねられた。軽く下向きに力を加えて銃口を下げる。

慎重に、桜介の手から銃を引き剥がした。桜介はうつむいて吐息を揺らした。

はじめて手にした拳銃に、賢志郎は想像以上の重さを覚えて驚いた。ナイフのように放り投げては暴発するかもしれないと思い、優しく地面の上に置く。

終わった。

止められた。

賢志郎は、深く息を吐き出した。

長い闘いもこれでようやく終わるのだと、桜介の肩に手を置こうとしたその時、数十分前にくぐった扉の開く音がした。

賢志郎と桜介が、同時に扉へと目を向ける。

現れたのは、思いがけない人物だった。

「あゆ」

開かれた扉に手をかけていたのは、今にも泣き出しそうな顔をした杏由美だった。

「おまえ、どうして……！」

駆け寄るつもりが、あまりに突然のことで足がうまく動かない。

杏由美が一歩踏み出した。

その瞳には賢志郎ではなく、粟野の姿が映っていた。自分を襲った男だけをただひたすらに見つめ、杏由美は毅然とした態度で地を踏みしめる。

彼女の足もとで舞い立つ塵《ちり》を、窓から差し込む陽の光が照らし出す。きらきらと白く輝き、まるで季節はずれに降る雪のようだ。

やがて杏由美は、賢志郎の隣に立った。その視線は、変わらず粟野だけに注がれている。

「許さない」

杏由美の口から、声が漏れた。

「私はあなたを、許さない」

どんな刃《やいば》よりも鋭く、冷たく、杏由美の言葉は粟野の胸を貫いた。その声はひどくかすれ、しかしこの広い空間に響かせるには十分な音を奏でていた。

およそ四ヶ月ぶりに聞く杏由美の声に、賢志郎は一瞬息の仕方を忘れ、吸い込まれるように杏由美を見つめた。瞳からあふれた涙が頬へ、静かに伝い落ちていく。

再び沈黙が降り、ピンと空気の張り詰めた部屋の中で、粟野が乾いた笑い声を上げた。

「キツいな、さすがに。こんなことなら、さっさと桜介に殺されていたほうがマシだったよ」

蒼白な粟野の顔に、涙の川が流れ出す。

「おれが死ねばよかったんだ」

粟野の小さなひとりごとが、杏由美の立てた白い輝きに溶けていく。

「誰かを殺してしまう前に。おれが、姉貴に殺されていれば」

絶望した目で、粟野はすがるように桜介を見上げた。

「殺してくれ、桜介」

桜介が息をのむ。隣でかすかに震えた杏由美の肩を、賢志郎が抱き寄せる。

「桜介じゃなくてもいい。誰でもいいから、早くおれを殺してくれ」

頼むから、と栗野は泣きながら訴えた。

断末魔の叫びのように、栗野のくり返す「殺してくれ」が、部屋中をいつまでも、いつまでもこだましていた。

# 最終章　いつか、雨は上がる

1.

賢志郎の腕の中で、杏由美はもう一言だけ言葉を紡いだ。

「ありがとう、ケンちゃん」

杏由美は大きく笑っていた。暗闇を照らす、太陽のような笑顔だった。

賢志郎は泣いた。

普段のものとはほど遠く、吐息ばかりの苦しそうな杏由美の声。けれどそれは、ずっと聞きたいと望み続けてきた声だった。

「よかった」

賢志郎は杏由美を強く抱きしめた。

幸せだった。これまで必死にこらえてきた涙を惜しみなく流し、「本当によかった」と、何度も何度もつぶやいた。


桜介の手によって、粟野誠は硲咲良・瀧沢ゆかり・小橋真奈に対する殺人容疑、および三船杏由美への殺人未遂容疑で逮捕された。のちに粟野の自宅の家宅捜索が行われ、第四の被害者、小橋真奈の遺体から盗まれたと思われる聖ベルナール女子高校の制服のリボンが、鋏《はさみ》で細かく切り刻まれた状態でゴミ箱から発見された。汐馬署の取調室で改めて罪を認めた粟野の供述によると、過去に自分の首を絞めたリボンを跡形もなく消し去ることで、心の平穏を保っていたそうだ。

粟野が逮捕された翌日、賢志郎と杏由美は警察での調書作成に協力すべく、放課後、左座名署を訪れた。桜介と面識があるという年配で優しそうなベテラン刑事が対応してくれたので、「硲さんはどうしていますか」と尋ねたが、「さぁ、粟野の聴取にかかりきりなんじゃないかな」と明確な回答は得られなかった。

杏由美は声を出せるようになったものの、これまでのようななめらかな発声を行えるようになるには専門医による治療とリハビリが必要で、一週間から十日ほどの時間が必要だろうということだった。そのため刑事からの質問には賢志郎が主に答え、杏由美は筆談で対応した。

精神的にも肉体的にもすっかり疲れ果ててしまった賢志郎は、土日をほとんどベッドの上で過ごした。

仰向けに寝転がり、ぼんやりと天井を眺める。抜け殻のようになりながら、いろいろなことを考えた。

事件のこと。杏由美のこと。粟野のこと。桜介のこと。

それから、自分自身のこと。

事件は無事に解決した。桜介の双子の姉、咲良が命がけで遺した証拠が、粟野の送検、起訴の決め手になるだろう。

もうなに一つ、不安に思うことなどないはずだ。あとは粟野がきちんと罪と向き合って、償いの時を過ごしてくれればそれでいい。

なのに。

顔の前に持ち上げた右手を、細くした目でじっと見つめる。

どうしてこの手は、今でもまだ震えているのだろう。

俺はいったい、なにに怯えているのだろう。

時は日曜の午後。あと半日もすれば、いつものように高校へ向かうことになる。

事件が解決してしまった以上、もう言い訳は通用しない。

ずっと目を背け続けてきた問題と、今度こそ向き合わなければならない。

額の上に腕を乗せる。大きなため息がこぼれ出た。

どうか明日が来ませんようにと、賢志郎は生まれてはじめて、いるかどうかもわからない天の神様に祈りを捧げた。

その願いは、叶わなかった。

沈んだ気持ちのまま月曜の朝を迎え、賢志郎は鉛のように重いからだを引きずって学校へ行く準備をした。先週まで使っていた黒いリュックではなく、『SAZANAWEST BASKETBALL CLUB』と金糸で大きく刺繍された白いエナメルバッグに荷物を詰める。

体育館の使用は各部活によるローテーション制で、今日は男子バスケ部、女子バレー部ともに朝練がない。

賢志郎が三船家のインターホンを押すと、すぐに杏由美が姿を現した。

「おはよ」

片手を上げて挨拶する。杏由美も嬉しそうに笑って手を振った。

「おはよ！」

休日のうちにだいぶ声が出せるようになったらしい。その姿が嬉しくて、賢志郎の顔にも自然と笑みが浮かんだ。

すると杏由美が、ひょいと賢志郎の背中を覗き見た。

「部活、行くの？」

短く問われた。目がきらきらと輝いている。

「うん、行くよ」

一瞬だけためらって、賢志郎はそう答えた。

「休む理由がないし」

杏由美はやや表情を曇らせ、「そっか」とだけ言った。

「賢志郎」

午後三時二十分。帰りのホームルームの終わりを告げるチャイムとほとんど同時に、貴義がE組の教室まで賢志郎を迎えに来た。「おう」と答え、賢志郎は荷物を提げて教室を出る。エナメルってこんなに重かったっけ、と思った。

体育館へ向かうまで、貴義も賢志郎も言葉を発することはなかった。

階段を下り、一階の渡り廊下を南へ二つ渡ると、正面に体育館の入り口が見えてくる。まっすぐ体育館へ行くのではなく、左へ折れ、着替えのために一旦体育館脇に設置されている男子クラブハウスへ立ち寄るのが、放課後、賢志郎たちがたどるいつものルートだ。

二つめの渡り廊下を渡り終えた。目の前には、体育館の扉が見えている。

賢志郎の足が止まった。あと五歩も進めば左に抜けられ、クラブハウス内の部室までは三十秒とかからない。

行かなきゃ。事件は解決したのだから。

頭ではわかっているのに、足がまるで動かなかった。打ちつけられた杭《くい》のように、地面から生《は》えている大木のように、賢志郎はその場から、一歩たりとも動けなかった。

「賢志郎」

先を歩いていた貴義が振り返る。その顔を、賢志郎は見上げることができなかった。

全身から汗が噴き出す。次第に呼吸が浅くなる。

眩暈がした。反射的に目を瞑ると、四ヶ月前の光景が蘇った。

「おい」

貴義の右手が肩に触れる。

「大丈夫か」

我に返る。顎から汗が滴り落ちる。

「ダメだ、貴義」

必死に絞り出した声が、弱々しく震えていた。

「足が動かねぇ」

あまりにも情けなくて、乾いた笑いさえ込み上げてくる。

声を立てて笑い出した賢志郎を、貴義は黙って見つめた。運動部員たちが忙しなく行き交う中、二人の間に異様な空気が流れる。

やがて貴義は、賢志郎の肩に置いていた手をそっと離した。

「三船から聞いてる」

唐突に飛び出した杏由美の名に、賢志郎は顔を上げた。

「おまえが部活に戻らないのは、行かないんじゃなくて、行けないいんだろうって」

賢志郎は瞠目した。

マジかよ。

あゆのヤツ、そこまで見抜いてたってのか——。

右手で顔の半分を覆った。貴義が話を続ける。

「『今朝も様子がおかしかったから、気づかってあげてほしいの。笹岡くんの言うことなら、ケンちゃんはきっと素直に聞くはずだから』だってさ。あの三船に頼まれたんじゃあ、悪いがオレには断れねぇ」

右の手を腰に当て、貴義はまっすぐ賢志郎を見つめて言った。

「全部話せ、賢志郎。おまえがオレに話したかったこと、全部」

決して広くない渡り廊下。向かい合う二人の横を、体育館へ向かう生徒たちが次々と通り過ぎていく。

動悸が治まらなかった。息苦しくて、立っていることさえつらくなってくる。

貴義は辛抱強く、賢志郎の言葉を待った。賢志郎が口を開くまで、その場を動くつもりはないようだった。

放課後の喧噪。立ち上《のぼ》る運動部員たちの熱気。

少し前まで、体育館こそ賢志郎の居場所だった。ここに来ることをなによりも楽しみにして、毎日学校へかよっていた。

大好きなバスケに明け暮れた日々を、遠く懐かしくなんて思いたくない。

戻りたい。バスケ部に。

拳を握り、賢志郎は重い口をゆっくりと開いた。

「怖いんだ」

貴義の眉がかすかに動く。

「あの日からずっと、公園で見たあゆの姿が頭から離れない。血まみれで、真っ青な顔してて。部活が終わって、家に帰ろうと思ったら、またどこかであゆが誰かに襲われてるんじゃないかって、そう思ったら、どうしようもなく怖くなるんだ。部活に行ったら、あゆがひどい目に遭わされる。また俺は、血に染まるあゆを抱きかかえることになるんだって……そんなことばっかり、考えちまって」

うまく呼吸ができない。胸もとをきつく握りしめる。込み上げてくる吐き気を抑えるのに必死だった。

「ただの妄想だって、悪い夢を見てるだけだって、そんなことはわかってる。けど、部活に行こうとすると、足が動かなくなるんだ。自分の力じゃどうしたって動かせない。あの日からずっとそうだった。そのうち、部活のことを考えるだけで頭痛がするようになって、だから退部届を書いた。こんな状態じゃ、みんなに迷惑をかけるだけだから。辞めたくなんてなかったけど、戻れないなら辞めるしかない。そう思った」

苦しかった。杏由美に自分の状態が伝わることが怖くて、これまで誰にも話せなかった。つらいのは杏由美なのだから、自分がこんな風ではいけないと、そんなことも考えた。

こうして苦しい気持ちを吐露したことで、ほんの少しだけ楽になれたような気がした。ホッとしたら、途端に涙があふれてきた。

「辞めたくねぇ」

大粒の涙が、コンクリートの床を濡らす。

「辞めたくなんかねぇんだよ、本当は。なのに……なのに、足がまるっきり言うことを聞かねぇ。なんでだよ。もう事件は解決してるってのに。あゆだって、ちゃんと笑えるようになったのに。なんで俺だけ？　どうして俺だけが、あの日に囚われたままなんだよ」

なんで、とくり返しながら、賢志郎は涙を拭う。小さくなったその姿を、貴義は黙って見つめている。

「助けてくれ」

涙声で、賢志郎は親友にすがった。

「助けてくれ、貴義。俺、バスケ部に戻りたいよ」

顔を上げると、貴義と視線が重なった。

憐れむでもなく、蔑むでもなく、貴義は毅然とした態度で賢志郎と向き合っている。

降りる沈黙。見つめ合う二人の空間だけ、時が止まっているようだった。

「バカだな、おまえ」

やがて、貴義は静かに口を開いた。

「なんでもっと早く打ち明けてくれなかったんだよ。それこそ退部届を出した時にとか、言えるチャンスなんていくらでもあっただろうが」

賢志郎は首を振る。

「言えなかったんだ、あゆに知られたくなくて」

「ったく……。どこまでバカなんだおまえは。おまえが話そうが黙ってようが、どっちにしたって三船にはバレることだろ、いつもどおり。そう、いつもどおりだ」

貴義は頭をかきながら「くそ」と言った。

「女子ってなんでそういうとこに敏感なんだろうな。夕梨もそうだ。あいつも余計なことばっかり気がつきやがる」

賢志郎は思わず苦笑した。

「だよな。マジで意味わかんねぇ」

ごしごしと、やや乱暴に涙を拭う。

貴義の言うとおりだ。こっちはまるで気づかないのに、向こうはこっちのことを骨の髄まで理解している。まったくもって、女子というのは摩訶不思議な生き物だ。

「賢志郎」

貴義に呼ばれ、賢志郎は顔を上げた。

「オレだって、おまえには辞めてほしくねぇよ。だから退部届も受理してもらわなかった。まぁそれはおまえにもわかってることだろうからいいとして、おまえにはもう一つ、大事なことを理解してもらわなきゃ困る」

貴義の言葉が途切れると、目の前に広がる景色が変わった。

号令がかかったかのように、男子バスケ部のメンバーが次々と姿を現した。

二年生十一名、一年生十名。女子マネージャー二名。貴義を先頭に、計二十三名の部員たちが、ずらりと賢志郎の前に集まった。

「おまえに辞めてほしくないと思ってるのはオレだけじゃない。ここにいるバスケ部全員、おまえが戻ってくるのを待ってる。六月のあの日から、ずっと」

賢志郎は目を見開いた。この粋《いき》な計らいが貴義の手によるものであると理解するまで、二秒とかからなかった。

「大丈夫だ」

貴義は高らかに言った。

「怖いのは当たり前。おまえはオレらには到底理解できない、とんでもねぇ経験をしてんだ。とはいえ、いつまでもビビったままでいられちゃ困る。染みついた恐怖を取り除くには、怖くない、部活に出たってもうなんの事件も起こらないってことを、頭に叩き込んでやればいい。上書きするんだ、事件の記憶を。もう大丈夫なんだってことを。いいか、賢志郎。三船はもう、誰にも襲われたりしない」

だろ、と貴義ははっきりと言う。賢志郎はうつむき、うまく答えられずにいる。

「大丈夫だ」

もう一度、貴義は同じ言葉をくり返した。

「オレがいる。みんなだっているんだ。つらくなったら、いつでも頼ってくれていい。怖いなら怖いって正直に言え。誰も笑ったりしねぇし、そんなヤツは即退部だ」

顔を上げた賢志郎に、貴義は凜々しく笑い、胸を張った。

「戻ってこい、賢志郎。一人じゃろくに歩けねぇってんなら、オレらが背中を支えてやるよ！」

貴義が言い終えるのを待たず、二年生がわっと駆け出し、賢志郎を取り囲んだ。

肩を組まれ、頭をぺしぺしと叩かれる。一年生たちも、輪の外でわいわい元気に騒いでいる。

「ほら、行くよ賢志郎！」

「おまえがいないとイマイチ練習が締まらねぇんだ」

「川畑先輩ー、いつになったらおれのシュート練習に付き合ってくれるんすかー」

「あ、オレもうまい相手の抜き方教えてほしいっす！」

仲間たちからのあたたかい歓迎の声に包まれ、いつの間にか賢志郎は、一歩足を踏み出していた。驚く暇さえ与えられず、クラブハウスに向かってずんずん前に進んでいる。

「バーカ、いつまでも泣いてんじゃねぇよ」

ぽん、と貴義の大きな右手が、賢志郎の頭に乗せられた。

「休んでた四ヶ月分、オレがきっちりしごいてやるから覚悟しとけ」

知らないうちに涙でいっぱいになっていた顔を、賢志郎は恥ずかしげもなく上げて笑った。

「望むところだ」

迷いのない、力強い返事をもらい、貴義も歯を見せて大きく笑った。

たくさんの笑顔の花が、クラブハウスに吸い込まれていく。

一人じゃない。そう思えたことの幸せを、秋の空に輝く太陽が祝福してくれているようだった。

2.

今朝見たテレビの天気予報で、今晩から明日未明にかけて、初雪が降るかもしれないと言っていた。

十二月九日。日に日に寒さが増していく中、人一倍寒がりの賢志郎はすっかり冬用のコートと手袋が手放せなくなっていた。

事件解決から二ヶ月が過ぎた。紆余曲折を経て、賢志郎も杏由美も、今や昔と変わらぬ日常を完全に取り戻していた。

ただ一つ、賢志郎にはずっと心に引っかかっていることがあった。桜介のことだ。

粟野誠の逮捕を見届けて以来、賢志郎は一度も桜介と顔を合わせていない。それどころか、声の一つも聞いていないのだ。

どうしているかと気になって、何度か携帯に電話をかけてみた。しかし、桜介が電話に出てくれることは一度もなく、彼の所属する汐馬警察署に出向いてみても、桜介との面会が叶うことはなかった。

モヤモヤした気持ちをかかえているうちに、賢志郎は新聞記者の野々崎増美経由で、桜介が警察を辞めたことを知った。検察が粟野の起訴を決定し、年末に初公判が開かれることに決まったためだと聞いた。

あの人は今、どうしているだろう。ちゃんと生きているだろうか。

そんな不安が、たびたび賢志郎の心に宿った。彼が姉の復讐に命を捧げた十年間を思うと、最悪の想像ばかりが膨らんだ。

だから、昨日桜介から連絡をもらった時は飛び上がるほど驚き、同時に嬉しさで胸がいっぱいになった。

――よかった、生きててくれて。

電話口でうっかりそんなことを漏らしたら、『残念ながら』と桜介は電話の向こうで笑っていた。思ったよりも元気そうで安心した。

昼休み中、午後一時に高校まで来てくれると言うので、賢志郎は五分前に教室を出て正門へと向かった。風がひどく冷たかったが、幸いまだ陽が出ているので、カーディガンの上にブレザーを羽織ればコートなしでも我慢できた。

まもなくして、桜介が姿を現した。

黒のピーコートにライトグレーのパンツ。銀縁の眼鏡にリスみたいな丸い瞳は相変わらずだ。変化があったのは、髪が少し伸びていたこと。切る余裕がなかったのか、もう切る必要がないからか。いずれにせよ、シルエットが丸みを帯び、なんだか前よりもさらに幼く見えるようになった気がした。

「すみません、お待たせしちゃいましたか」

　さわやかな笑顔で、桜介はテノールボイスを柔らかく響かせた。

「いや、俺も今降りてきたとこ」

「そうですか。お変わりないようでなによりです、賢志郎くん」

「どうも。そっちこそ、元気そうでよかった」

　互いにやや緊張気味に挨拶を交わす。ずっと会いたいと思っていたのに、いざ顔を合わせるとなにを話していいのか途端にわからなくなる。賢志郎は頭をかき、ふらふらと視線を泳がせた。

「杏由美さん」

　気を利かせたのか、桜介のほうが積極的に話題を振った。

「その後、お加減はいかがですか」

「あぁ、もうすっかり元気だよ。ちゃんとしゃべれるようになったし」

「それはよかった。きみは、どうです？」

「俺？」

「ええ。フラッシュバック……もう体調を崩してしまうことはなくなりましたか？」

賢志郎は、ほんのわずかに心を揺らした。

今でもまだ、時々あの日のことを思い出してしまうことがある。だが、以前のように無闇に怯えてしまったり、眩暈に襲われたりすることはなくなった。

完全に忘れることはおそらく一生できないけれど、それでも今の賢志郎は、しっかりと地に足をつけ、前を向いて生きている。経過は概《おおむ》ね良好だ。もうなんの問題もないと胸を張って言える。

「うん、大丈夫。あんたにはみっともないところを見られちまったよな」

「そんなことはありませんよ。今を元気に過ごせているのなら、それが一番です」

相変わらず優しい人だなぁと賢志郎は思った。桜介ならそれを口に出しても調子に乗ったりしないのだろうが、あえて黙ったまま、別の話題を振った。

「警察、辞めたんだってな」

桜介は一瞬眉を上げたが、すぐにいつもどおりの微笑を湛えた顔に戻った。

「はい。とどまる理由がありませんので」

「なんでだよ。せっかく頑張って試験受けて就いた職業なのに」

「言ったでしょう。あんな仕事、よほど好きでなければ務まりませんよ」

肩をすくめる桜介に、賢志郎は「そっか」と返した。

「死のうかな、とも思ったんですけどね」

桜介はぼんやりと遠くを見つめながら話し始めた。

「もともと、犯人を殺して自分も死ぬつもりでしたから。この世界に未練などありませんし、特別やりたいこともない。このまま消えてなくなって、早く咲良のところへ行こう。そんなことを考えていた時、咲良が夢に出てきましてね」

「咲良さんが？」

桜介はややはにかんでうなずいた。

「驚きました。この十年間、一度も夢に見たことがなかったんですよ、咲良のことを」

へぇ、と賢志郎が相づちを打つと、桜介はすぅっと目を細くして言った。

「死んじゃダメだよ、と言われました」

賢志郎が両眉を跳ね上げる。桜介はどこか嬉しそうだ。

「生きて、生きて、しわくちゃになるまで生き延びて、誰よりも幸せになってから会いに来いと、咲良はそう言っていました。今すぐあたしに会いに来るなんて絶対に許さない、と」

咲良は昔から自分勝手でね、と桜介は苦笑した。あんたもだろ、と賢志郎は心の中でツッコミを入れた。さすが、双子。互いに自分自身のことは棚に上げているのだろう。微笑ましい限りだ。

「とはいえ、僕には復讐の他に生きる意味などありませんでしたから、いざ生きてくれと言われても、どうしたものかと迷うばかりで。かれこれ一ヶ月ほど、これからどうやって生きていこうかと、それればかり考えていましたよ」

「で、ようやく決まったわけか。だから俺に会いに来た？」

はい、と桜介は答え、清々しい顔で告げた。

「日本を発《た》つことにしました」

思いがけない答えが飛び出し、賢志郎は目をまんまるにして桜介を見た。

「マジ？」

「はい」

「えっ、と……。じゃあ、海外に行くってこと？」

「そういうことです」

「どこに」

「ひとまずアメリカへ行こうかと」

「マジか！　いいなぁアメリカ！　ＮＢＡ！　バスケの本場！」

「賢志郎くん、バスケがお好きなんですか？」

「おう。俺、こう見えてバスケ部員だから」

「そうでしたか。言われてみれば、どことなくバスケ部っぽい顔をしているような」

「どんな顔だよ、それ」

　ははは、と二人して声を立てて笑う。こうして屈託のない笑みを向け合うのは、実ははじめてな賢志郎と桜介である。

「なぁ、なんでアメリカを選んだの？」

「咲良が昔から語学や諸外国の文化に興味を持っていましてね。将来はキャビンアテンダントになりたいとよく話していたことを思い出したんです。なので、僕も外国語やいろいろな国について学んでみようかと。最初の地にアメリカを選んだのは、単純に英語圏の国だったからです」

「そっか。あんた自身は、夢とかなかったの？」

「咲良ほど大きな夢はいだいていませんでしたが、僕は中学生の頃から数学が得意だったので、数学教師にでもなろうかなーとぼんやり考えていました。ですが、さすがに今さら大学にかよって免許を取るのもいかがなものかと思いまして、そちらの道はすぐに捨てました」

　あっさりとした口調で語る桜介だったが、彼の話に賢志郎は大いに驚き、ぽかんと口を開いてその場に立ち固まった。桜介は不思議そうに首を傾げた。

「どうかされましたか？」

「あー……。実は俺も、教師になりたいと思ってて」

「そうでしたか。ちなみに、教科は？」

「数学」

「おやおや。変なところで気が合いますね」

まったくだ。桜介との出会いは偶然ではなかったような、運命的ななにかを感じざるを得ない。

「きみはきっと、いい先生になるでしょうね」

あたたかい、心のこもった声で桜介は言った。

「きみの将来が本当に楽しみですよ」

どこまでも優しく、桜介は賢志郎に微笑みかける。この人が担任の先生だったらいいのにと、賢志郎は心からそう思った。

「そうそう」

唐突に、桜介がぽんと手を打った。

「うっかり忘れるところでした。僕はずっと、きみに訊きたいことがあったんです」

「え、なに？　なんの話？」

「覚えていますか。僕ときみ、それから杏由美さんの三人で話をしていて、きみが犯人の狙いに気づいた時のことです」

「あぁ……」

賢志郎はぼんやりと当時の様子を振り返る。失言でもあっただろうかと、少しだけ不安になった。

「あの時、きみはこう言いました。『俺と同じだったんだ』と。あの言葉をきみがどういう意図で発したのか、それがずっと引っかかっていたんですよ」

なんだ、と賢志郎は胸をなで下ろした。同時に、そんなことを口走っていたのかと驚いた。無意識のうちの発言ほど恐ろしいものはない。

「特に深い意味はないよ」

すっかり冷たくなってしまった両手をズボンのポケットに突っ込みながら、賢志郎は淡々と答えた。

「あの時の俺は、自分で自分の心をコントロールすることができない状態だった。事件現場の公園に近づけば吐いちまうし、部活に行こうとしても足がまるで動かない。頭で思ってることと、からだの反応がちぐはぐで、自分の力じゃどうにも解決できなかったんだ。だから、ひょっとして犯人もそうなんじゃないかなって思ったんだよ。ある一定の条件下に置かれると、自分の意思とは無関係に、からだが動いちまうんじゃないかって」

なるほど、と桜介は納得したように大きく首を縦に振った。

「制御のきかない心に悩まされ、その痛みを嫌というほど味わってきたきみだからこそ、犯人の心理を正確に読み解くことができたというわけですね」

「そんなたいそうなもんじゃないって。たまたまだよ」

ご謙遜を、と桜介は笑った。本当にたいしたことではないと思っていたので、賢志郎はどう反応すればいいのかわからなかった。

「ありがとうございます。スッキリしました。これで心置きなく日本を離れることができる」

二人の髪を、身を切るような冬の風がふわりと揺らす。

別れの時が、すぐ目の前に迫っていた。

「俺のほうこそ、ありがとうございました。裕さんに出会えてなかったら、俺もあゆも、きっとうまく立ち直れてなかったと思う」

「それはこちらのセリフです。粟野さんを追い詰めた時、きみが僕を止めてくれたから、こうして今でも僕はこの世界に生きている」

ありがとうございます、と桜介は改めて賢志郎に頭を下げた。賢志郎もそれに倣い、深くお辞儀をして礼を伝える。

「では、そろそろ行きます。夕方の飛行機でアメリカに発つので」

「ええ？　もう行っちまうのかよ！」

「ほら、『善は急げ』と言うでしょう？」

得意げに右の人差し指を立ててみせる桜介。あんたらしいな、と賢志郎は苦笑した。

音もなく、桜介は右手を賢志郎に差し出した。

「よい人生を」

吹っ切れた、前向きな笑顔がそこにはあった。賢志郎は、迷わずその手を取って握り返した。

「あんたもな。日本に帰ってくる時は連絡してくれよ？」

「ええ、必ず」

数ヶ月後か、数年後か。あるいはもっと、ずっと先のことになるのか。

この人とはいつか絶対に再会したいと強く思った。

その願いが叶った時、彼に笑われないような大人になっていなければ。立派な教師になってやると、賢志郎は自分の心に誓いを立てた。

「では、賢志郎くん。いずれ、また」

「おう。元気でな」

ぺこりと小さく頭を下げ、桜介は賢志郎に背を向けて正門を離れた。その背中が見えなくなるまで、賢志郎は旅立つ彼を見送った。

「ケンちゃん！」

桜介が行ってしまうと、入れ替わるように杏由美が校舎のほうから駆けてきた。

「おう、あゆ。どうした？」

「今の、もしかして硲さん？」

「あぁ。わざわざお別れを言いに来てくれたんだ」

「お別れって……あの人、どこかへ行っちゃうの？」

「うん。アメリカだってさ」

「アメリカ⁉」

杏由美は目を丸くした。自分と同じ反応を見せたことに、賢志郎はつい笑ってしまった。

——よい人生を。

桜介にかけてもらった言葉を、賢志郎も心の中で桜介に贈る。

彼のもとへ、明るく実り多き未来が訪れますように。この願いこそ、神様には絶対に叶えてほしい。

長く立ち話をしていたせいか、くしゃみが出た。すっかりからだが冷えてしまい、震えながら腕をかかえる。

「さむ……！」

「やだ、風邪？」

杏由美が心配そうに賢志郎を覗き込む。

「大丈夫？」

「おう、心配すんな。今おまえにうつる呪いをかけた」

「なにそれ、最低！」

杏由美が振り上げた左手をひょいとかわし、賢志郎はいたずらな笑みを浮かべて駆け出した。その背中を、杏由美が笑いながら追いかける。

あーだこーだと言い合う声が、旅立つ者の凜々しい笑みが、穏やかな日常に溶けていく。

苦しみを乗り越えた若い命は、どんな厳しい寒さにも負けることを知らない。

## 著者プロフィール

**貴堂 水樹**（きどう みずき）

愛知県出身、在住。

著書に、『Voice　君の声だけが聴こえる』（2018年、スターツ出版）がある。

# あの日、雨が降っていなければ

2021年12月15日　初版第1刷発行
2022年2月10日　初版第2刷発行

著　者　貴堂 水樹
発行者　瓜谷 綱延
発行所　株式会社文芸社
〒160-0022　東京都新宿区新宿1－10－1
電話　03-5369-3060（代表）
03-5369-2299（販売）

印刷所　株式会社暁印刷


ISBN978-4-286-23229-4